U0028625

少年粉紅

The Pink Monster

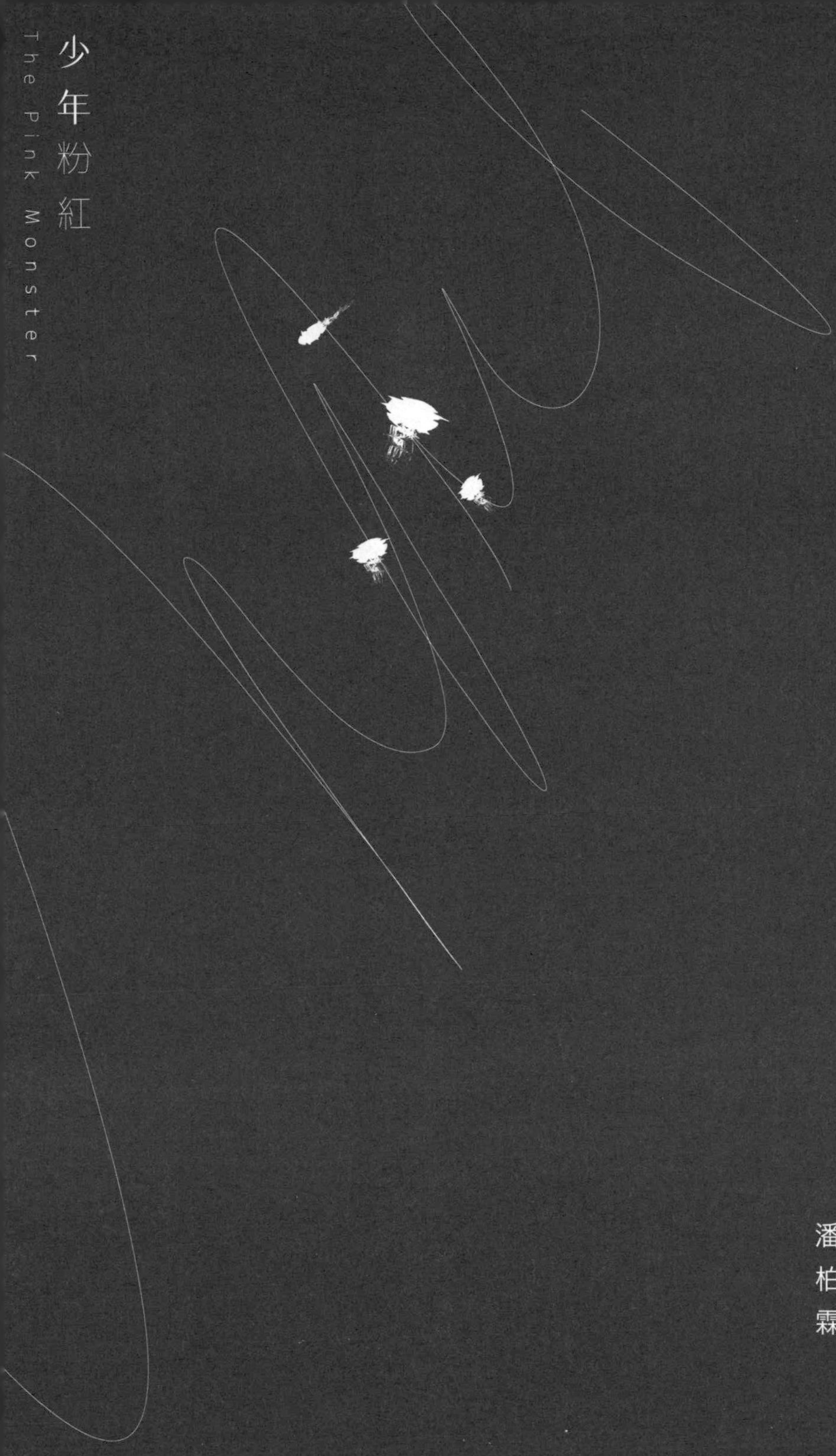

潘柏霖

目錄

000

親愛的，我希望你知道，雖然這世界困難重重，也是可以找到活下去的方法。

我希望你不要再希望成為更好的人。不是因為你已經夠好了，而是「成為更好的人」這個想法，是人類發明出來折磨自己的工具。

至於為什麼是和你說，而不是和任何一個其他人，我也找不出一個很合理的理由。或許是我就自以為是地認為你很需要這個故事，或許是我相信你會好好保存這個故事，或許是因為你的模樣看起來就像是被狠狠傷害過了。又或許是，我真的很需要跟誰傾訴這些，而你剛好就在這裡——我找不到一個非常好的藉口，你就隨便挑一個吧。

我要告訴你一個故事，故事的起始時間點為我大學二年級新學期開學日。時間跨度不重要，重要的是主角有三人：我、小粉、維尼。劇情主線是，我愛上了的、那個我以為也那麼愛我的男孩，發現他自己，愛上了另一個男孩。

為了保護當事人，我會將人物、場景、情節皆套上不同名字，但誰知道呢？說不定我是騙你的。又或許我說的全是真的。那真的也不是很重要。

我想和你說個故事，說一個我終於發現，自己是不需要那樣努力，成為一個更好的人的故事。

而接下來我要告訴你，為什麼我這樣說。

001

維尼那個傢伙，是如何毀掉我的人生，故事是這樣開始的：

大二開學前，我和小粉，躺在一起看著露天電影。

我們大一時，在很少人願意靠近的括號湖前，架設了木棍，拉起從學校倉庫偷來的投影幕。每週一次，小粉會帶著自己的筆電，和我們存了好幾個月才合資買下的破爛投影機，在乾淨的草皮上鋪上野餐布巾，我們就會躺在那裡，背靠著一台不知道何時癱瘓在草皮上的廢棄卡車，看一部電影。

括號湖有許多傳說，比方說湖中女神。只不過這個傳說中，女神不會給你任何東西，祂會抓住你的腳，把你拖進湖底，成為祂的奴隸。

湖中女神傳說只是其一，居民普遍不願意長途跋涉來此，主因可能還是括號湖的湖水是深灰色的，裡頭住了括號蝦。

括號蝦是一種專門食用人類大腦的甲殼類生物，牠們有銳利的爪子，會從人類的鼻子鑽進去，一路爬到腦內，從此住在裡面。有許多案例顯示，被括號蝦寄居的人類，性格將與從前截然不同，因此在很遠很遠的國境，有些政府機關用此來做為死刑的替代方案。

總之，在括號湖看電影，是我和小粉固定的一週一次行程。那天，我輕靠著他的肩膀，看著我認為的俗爛電影，淡淡的，一種難以用文字形容的，很好聞、不，幾乎可以說是很好看的氣味傳來。

小粉身上總是有著非常好聞更好看的氣味，即使流了汗，也只有淡淡的體味，不像是一般男生那樣臭到不行。

對，一般的男生。小粉一點兒也不像一般男生。

他甚至出門會自備溼紙巾。溼紙巾耶。

回想起來，這或許是我會喜歡小粉的原因之一，有趣的是當初我完全沒有意識到這件事情。

我不太記得那個時候我們看了什麼電影，印象中是某一部奇幻小說改編電影的完結篇，結局可能是主角贏了，皆大歡喜之類的那種，總之就是大多數奇幻故事常見的劇情。

但我記得那天我穿了我最好看的白底淡粉紅色潑墨洋裝、很不舒服但好看的胸罩，剃乾淨身上的毛，還擦了一點昂貴的香水——現在我想告訴你，你真的沒有必要為了取悅任何人，每日經歷這種勞苦。

小粉穿著休閒西裝褲，將合身有彈性的襯衫紮了起來，那是他的每日造型。那時候我覺得就是這一天了。

那應該，就是我的告白日。

那天本來是我終於，終於要和小粉告白，要告訴小粉：我愛你。

那天本來也該是小粉會深情款款地看著我，回應我：我也愛妳，永永。

那天本來會是我們終於確定了一件事情，那就是：我們註定要在一起。

但這件事情沒有發生，另一件事情發生了。

一個我和小粉都沒見過的人，出現在括號湖前，打斷了我早就準備好要告訴小粉的話。
那個人是維尼，後來我們才知道，他是逗點大學的大一轉學新生。
那個摧毀了我和小粉之間美好關係的人。
至少當時我是這樣以為。
「小粉，那個，我有話想告、告訴你……」
當時的電影正巧播到只穿著內褲的王子，在月黑風高的夜晚上街慢跑。記憶中，似乎是他方才聽到噩耗，自己必須迎娶鄰國的公主之類的。
我對那部電影真的沒有太多印象，畢竟我根本不感興趣。講真的，每個人都會為了喜歡的人，而做出許多不像自己的行為吧？對我而言，坐在草皮上，看兩個小時的電影，就是這種事情。
我連人生都想快轉了，更別提電影了。
「嗯？」
小粉轉過來看向我，他的雙眼好溫柔，我一時不忍再多說一句，深怕打擾了他的時空。我總是懷疑小粉和我擁有不同的時空，他看起來總是那麼美好，而我卻是殘花敗柳。

仔細想想，當初我應該說快一點才對。

因為在我正沉浸在究竟要不要告白的天人交戰，維尼，那個該死的噁心之人，就這樣介入了我們的時空。

維尼穿著一件黃色連帽臭衣和很髒的白色褲子，走到我們面前，露出一個難看到不行的微笑。

原本小粉還看著我，我還沉浸在他那溫柔的眼神之中，他卻轉過頭，看向維尼，兩個人就這樣互相注視了好幾秒鐘——我真的，不得不說，當時對我來說，那就像是等待考試放榜一樣，時間彷彿真的不動了。

即使我在一旁瞪大雙眼，推了小粉好幾下，他也沒有回過頭來看我。

仔細想想，這會不會就是個什麼暗示？有些宇宙，是我怎樣也進不去的，不論我如何敲打喊叫。

「你要……」

小粉終於開口，打破了這尷尬的沉默。他吸了吸鼻子，他常常這樣，是過敏的緣故。我總覺得他皺起鼻子的模樣好看到不行。

那該死的介入者從口袋裡掏出一小包衛生紙，開封後先是聞了聞，接著遞給小粉說道：「我是維尼。我也會過敏。」

小粉又一次吸了吸鼻子，拿起衛生紙，擤了鼻子。我驚訝地在旁邊，連聲音都發不出來。小粉竟然用了別人給的衛生紙。還是那個傢伙聞過的。

好吧，我知道。我知道你一定覺得，天啊，我真的是白痴，我人就在那裡，親眼看著他們兩人那麼彆腳的調情，竟然還沒發現自己是電燈泡——我得嚴正聲明，在當時，我是真的以為維尼才是電燈泡。

而且拜託，誰知道聞了聞衛生紙再給別人用就是調情？如果不是我現在告訴你，你真的會知道嗎？

「所以，你們總是在這裡看電影嗎？」

維尼就這樣坐了下來，隔著我，向小粉問道。

到底為什麼要坐在我旁邊？我真的是很困惑，當然，我被他和小粉包在中間，如果只看畫面，或許許多人會羨慕我，畢竟雖然我真的不認為維尼有多好看，但多數人，包括小粉，都認為他是鎮上顏值最高的傢伙。

而我，當然認為小粉，是不分男女的那種顏值最高。

小粉先是點了點頭，最後和我對視，終於發現冷落我了，忽然說道：「那個，她是永永。」

就這樣，維尼，一個轉學來的新生，待在這裡，介入我和小粉每週一次的約會時間，和我們一起看完了那部電影。

說也奇怪，他們兩人那時候就只是對視。我注意到小粉會偷瞄維尼，而維尼則是大剌剌地盯著他瞧，好像怕小粉不知道他正在看他似的。但彼此就是沒有再多說一句話。

到底為什麼要把我夾在中間？這個問題，好些時日以後，他們兩人給了我相同的答案，而那個答案，讓我崩潰到拿枕頭打他們兩個人的臉。

「永永，你剛剛想要問我什麼？」小粉忽然問道。

我在內心翻了個白眼，搖了搖頭。小粉也沒有多問，完全沒有發現我的不悅，就繼續看起了電影。他完全不知道我為了今天排演了多少次。

不要再嘲笑我了，我知道，我那天就該領悟，我們的宇宙終究不同。但誰沒有為了自己不可能得到的東西而費盡全力過？在半夜跑到大街上哭，只因為真的，發現自己得不到了。

我後來歸納出一個結論：之所以我會被蒙蔽，單純只是因為小粉實在太美好了。一個太美的謊言，你不想戳破，也不敢動，怕一碰，就碎。

小粉近乎奇蹟似地符合了一切我從小對男朋友的幻想，在同年紀的其他人都忙著交幻想朋友或者想嫁給爸爸之時，我就已經列好了我未來男友的條件。

他要聞起來很好聞，他要很乾淨，他要喜歡穿襯衫，並且穿起來好看，臉也要好看。他要很聰明，要擅長規劃，要溫柔。

我得告訴你，你可能以為這些要求看起來簡單過了頭，但這真的，真的，困難到不行。

所以，當我發現小粉符合了所有我的要求之際，我無法準確說明我的感動。或許可以說成，就像是你看到一隻獨角獸，或者任何一隻你的幻想生物跑到你的面前。

以至於我當初完全沒有意識到一件事情——事實上，準確地想來，小粉自己應該也沒有真正意識到。

那就是小粉，性別男，喜歡男生的這件事情。

彼時我，甚至不太清楚同性戀究竟是什麼東西。

我從未想過小粉是同性戀這回事，真的不是我的錯。

你知道大人總是會試著把一些現實藏起來，不讓小孩知道吧？大人甚至專門為此發明了童話故事和馬賽克。

我想表達的是，小孩愈早認清現實愈好。小孩應該很早就要知道世界是很恐怖的，有怪叔叔或怪阿姨可能會強暴你們。走在路上，可能隨便就會被酒醉駕駛撞死、被卡車輾斃。你可能得一天工作十八個小時，偶爾還得加班。你可能永遠得不到你所渴望的東西。

如果小孩一開始，就知道怎樣稱呼自己所恐懼的事物，當他們遇見時，就能夠求救。如果小孩一開始，就知道怎樣稱呼自己所喜愛的事物，當他們遇見時，就不會手足無措，不知道自己究竟是怎麼了。

但可惜的是，多數時候，恐怖的東西都被彩色的布給遮住了，不被大人所允許的東西，可能就直接消失在成長過程之中。

「同性戀」，就是這樣，消失在我們的成長過程之中。

當然，我們會嘲笑男生像女生，「娘砲」、「娘娘腔」、「你是不是喜歡男生啊」、「不要撿肥皂喔」，只是我們從來沒有真正試圖去了解，男同性戀究竟是什麼。我們甚至被教育成我們根本不需要去理解。

另外，我得說，小粉真的，不像「那種男生」。

小粉一直都是一種，怎麼說才好，去性別化的？他完全不在我當時對男同性戀粗淺的認知光譜之中，事實上，他也不在我對異性戀男性粗淺的認知光譜之中。他不在那個，我可以用來衡量判斷的光譜上面。

或許，那就是為什麼我會被他吸引，他代表了一種我從來都沒有辦法真正變成的模樣。

很可能你會以為小粉每天都又男又女，但這樣想，你就錯了。他看起來就是個

「男生」。

他喜歡穿襯衫，總是將襯衫紮進褲子裡頭，他有一雙很好看、只比我粗了一些的腿，他的腰線也相當剛好，讓人想要撫摸。除去紮襯衫這種老式風格和別致到不行的臉蛋之外，他和一般的男生別無二致。

這很難說得上來，是氣質。小粉有一種難以被歸類，「不在這裡」的氣質。就像是你把一隻鯨魚塞進小水缸一樣，即便牠能存活，但你也知道，牠不屬於這裡。在我看來，小粉，就是這樣的存在。

不得不說，把鯨魚放進水族館裡頭，也未免太可惜了一點。

即便我不願意承認，但維尼和小粉，在這一方面，幾乎是瞬間合拍的。

那種跳脫框架，在我看來，小粉是比較安靜的，溫和的，不太侵略的；而維尼則有著強烈侵略感，會把框架直接撞破，自己頭破血流還大笑的那種。

回到那天，原本是我的告白日，卻被維尼搶去戲分的那個晚上。

我確實是不太記得當初那部電影的內容了，畢竟我滿腦子氣惱著原本要告白了，連稿子都寫好還背起來了，卻被一個陌生轉學新生給打擾。

但我記得電影最後發生了什麼事。那個晚上，最後我看著小粉的側臉，看著他目不轉睛地看著那我原本以為俗爛到不行的奇幻電影，我確實記得，那部不知名的電影，結尾是勇者披荊斬棘，終於拯救了自己的青梅竹馬。一個，王子。

如果我的記憶真的沒有欺瞞我，那麼我確實記得，當時小粉的側臉，他嘴角微彎，看起來很高興的模樣。

該死，我當時到底為何沒有這種覺悟？

笑起來這麼好看的男生，一定不是異性戀啊。

002

我現在想和你說一下，維尼介入我們的生活之後，出現的三個異象：

首先，小粉身邊出現了異象，這異象不是指我或維尼，儘管我從頭到尾都覺得維尼是個不該出現的東西。

異象之一，指的是開始出現在小粉身邊的，那隻粉紅色水母。

小粉說那不是頭一次看見牠了，在成長過程中，那隻粉紅色水母偶爾會出現，他自己也不知道原因，但似乎身邊的人都看不見牠。他還特地為牠取了個名字，叫牠「粉紅怪物」。

小粉在年紀很小的時候，就自費出版了一本童書，叫做《顏色怪物》——你看，多麼有才華的少年。但那不是重點。重點是，那本童書，他只寫了一種顏色：粉紅色。

「我原先是想寫一個系列，但不知道為什麼，我就只寫了粉紅色。粉紅色很讓我著迷。那像是一種，沒有把話說清楚的顏色。」小粉解釋。

你看，多麼浪漫的孩子，十五歲就如此有見地。

十五歲的時候，我還在考慮究竟要少吃多少東西，才可以把自己塞進超緊破洞牛仔褲裡頭，以及每天被胸罩擠到快不能呼吸。

天啊，我真的得告訴你，你其實是沒必要把乳房時時刻刻都塞進那個小東西裡面的。說實在的，不穿也沒差。

如果你遇到一個男人或一個女人，會因為你沒穿胸罩而指責你，那你需要做的是離他們遠一點，不是把胸罩穿上。

當然啦，當時的我並沒有像現在的我一樣聰明，這種道理是經年累月長出來的，就像你的皺紋。

回到小粉的童書。我沒有告訴過小粉，我私底下認為他不會想要被我這樣揭穿，但我認為——我領悟到這件事情，是在我知道他喜歡並且駭怕男性之後——童書是他把自己的恐懼藏起來的方法。

就像是一個在荒島上困索多年的浪人，寫下信，塞進瓶子，扔到海裡，希望某個人會收到。重要的是，「遞出」這個動作，接受則是次要甚至根本不重要的。因為根本就不覺得會有人真的能收到那封信，並且找到自己。

但還是，有那麼一點點，一點點，希望。

你看，小粉是個多麼樣的樂觀派啊。你怎麼可能不喜歡他？

說到小粉的《顏色怪物》，就不得不提到那該死又諂媚又愛演戲的維尼了。

你可以相信嗎？小粉竟然在認識他的第二週，就把那本私密限量（手工製作三本）的童書給維尼看。這麼私人的東西，怎麼可以給那個轉學生看啊？

維尼看完之後，也沒有稱讚小粉多有才華，他只是張著他那大大的眼睛，滴了幾滴眼淚下來。

小粉真的是個好人，他竟然笑了。露出他那個好看到不行，現在回想起來，那甚至可能是第一次，小粉不再那麼狡猾的時候。

對耶，狡猾。我當時為什麼從來沒有覺得小粉是個狡猾的人？

他的狡猾並不是那種字典上定義的「詭變多詐」，那解釋太膚淺了，你不覺得大人的字典總是好像什麼都沒解釋到嗎？小粉的狡猾在於，他看起來很簡單，看起來幾乎就是袒裎赤裸的，但他其實穿了非常多件衣服。

這就得提到，自從維尼出現之後，小粉周遭出現的第二個異象。

異象之二，指的是小粉的衣櫃。他那神奇的衣櫃，壞得更徹底了。是這樣的，小粉在校外的宿舍品質不差，但就是他房裡的那個衣櫃，壞到一個離奇的狀態，怎樣修也修不好，只能用蠻力硬扯。

事實上，我和小粉真正相識，也是因為那個衣櫃。那天，小粉被困在他壞掉的衣櫃裡出不來，因緣際會，或許是我的睡前禱告終於有效了，總之，他在社群網站上敲了我，問我能不能去他家。

你都不知道，那個時候的我，是多麼欣喜若狂。

我立刻跑到浴室全身除毛，不小心用我爸的刮鬍刀刮傷了我的——算了你不必知道這些。反正，我在半小時之內，上完輕透裸妝（聽說男生最愛這款），吹整好我的長髮，調整好我的胸型，穿上我最可愛的粉紅色洋裝和牛仔外套，在鏡子前面拍了幾張自拍，確認自己的鏡子沒有欺騙我的眼睛。

好，我發誓，那些舉動在當時做起來並沒有那麼性飢渴。在當時，那是非常純情的。

我只不過是很謹慎地打扮，準備和未來我小孩的爸爸見面，聊天認識彼此以交往為前提墜入愛河，然後上床而已——我真的是那樣構想的。現在回憶起來，我不禁懷疑，我小時候是不是被外星人綁架過，被盜竊走一大部分的智商啊？

「那、那個，大門沒鎖。我在衣櫃裡面。請把我救出來。」

這是我和小粉在大學以來，進行的第一句有意義且有效果的對話，我一直以為那就是我們邁向婚禮的起頭——結果就是，我從衣櫃中解救出的小王子，在一年之後，被一個從外面來的野人給拖去當鎮山王子了。該死的野人。

說回小粉那荒謬的衣櫃——那衣櫃就像一個有意識的生物，而且專找小粉麻煩。這是真的，整整一年，我見識了那古怪的衣櫃千方百計、想方設法不讓小粉拿衣服出來。

或者乾脆把小粉困在裡頭。

那天的情況，根據我解救出小粉後，他的解釋是——他好不容易用衣架撬開了衣櫃的木門，決定將衣服全部從衣櫃拿出來，避免再一次與衣櫃的戰鬥。他想清掃乾淨衣櫃內部，才方便向房東證明衣櫃本身就是壞的，於是他拿著溼抹布和清潔劑走進衣櫃裡，一陣大風卻忽然從窗外颳來，直接將衣櫃大門給關得死緊。

你看，還需要懷疑小粉究竟長得有多好看嗎？連衣櫃都想霸占他耶。

事實上，大多數的時候——我在的時候——衣櫃都滿安分的，我就像是衣櫃剋星，我在的時候，衣櫃都不會作怪。小粉通常會邀請我到他房間，我坐在床上，看他整理自己的衣櫃。

那一直都是我很喜歡的情境：我和小粉、一個房間。我覺得我可以待在這樣的情境裡直到永遠。

這讓我感到安全，我非常希望這就是永遠。

「拯救小粉於衣櫃中」是一種「被需要」的深刻實現，我一直到最近才真正理解——那種自己不會隨時被取消，不會被開除，會一直在這裡，一直在這個環境中，有一席之地。那種被需要，就像是香菜遇到蘿蔔排骨湯一樣。

但在遇到維尼的第一週後，我的存在就此失效。

那個晚上，在我、小粉和維尼，三人看完電影之後，隔天清晨，我接到小粉的電話，小粉說他又被困在衣櫃裡頭了——而這一次，我們最後叫了修理工來，才把小粉從衣櫃裡救出來。

從那天，小粉走出衣櫃後，我就覺得有什麼不一樣了。但當時我無法找到一個合適的語詞來說明那種「不一樣」。

現在我明白了。那是一種「不再重要了」的感覺。

那或許也是為什麼，當時我對於第三個異象的出現，會這樣地手足無措。

啊對了，你或許好奇，究竟為什麼我前面說，小粉看似全裸其實穿一大堆衣服，跟衣櫃異象有關。我之後再提到衣櫃的時候，會慢慢把全貌告訴你，你現在只要知道，衣櫃，在我要告訴你的故事中，非常重要就好。

異象之三，指的是——算了，我直接把整個情境講給你聽啦。我懶得總結了。

地點是在新生派對上，那是大二開學的第二週，還是第三週——總之就是在開學不久後舉辦的新生派對。新生派對在問號鎮是一件很重要的事情，與其說是派對，不如說它有點像是新生說明會之類的，只不過是純粹由學生所舉辦，算是學長姊來嚇唬學弟妹的場合。

其他的重要活動，還有睡衣樹慶典。

睡衣樹慶典顧名思義，就是慶祝一棵睡衣樹。之所以要慶祝，是因為根據傳說，這棵樹是由某個神的睡衣，從天上飄到這邊，落地後就長出了樹，因此人類擁有了睡眠。據說以前的居民，會在節慶這一週，在樹上掛滿睡衣，並提早一小時就寢。但現在，基本上這就是一個很常喝酒嗑藥和清醒在陌生人浴缸裡的慶典而已。

我邀請過小粉一起掛睡衣，但小粉以「那不過是睡衣商和鎮長為了營利而捏造出來的活動罷了」這樣的說法拒絕了我的邀約——我當時多麼欣賞他，誤以為他是多麼有自己的主見的一個青年。確實，小粉很有自己的主見，但那根本就不是他拒絕我的原因。

總之，新生派對。

小粉難得地穿了不同以往的衣服，裝扮是超可愛的淺粉紅色水母圖樣襯衫以及黑褲，並且沒有將襯衫紮進褲子裡，而且寬鬆得不像是他自己的衣服。那的確不是小粉自己的衣服，因為那是維尼的。

一開始，我站在他們中間——是的，又一次，他們兩個人把我夾在中間，就像我是什麼香草夾心一樣。小粉和維尼視線相對，維尼向他挑了挑眉，小粉就露出一個大大的笑容。他們倆幾乎就要把我晾在中間了。

這讓我產生了對自己的存在很大的質疑：難道我真的這麼沒吸引力嗎？我可是穿了粉紅色洋裝耶。男生不是都喜歡女生穿洋裝嗎？

直到我清了清喉嚨，小粉才像是想起我在場一般，回過神來，低下頭，右手抓了抓自己的後腦杓。當時派對的燈光還沒打下來，在白光下，我注意到他的耳際有點紅了。

小粉的膚色很白，比我還白。我可是一個真的很不喜歡戶外活動，常常被說像是關在地窖十八年的女生，但他那皮膚白到真的是讓人很容易擔心他是否受傷。

維尼的說法是，我對小粉那膚色的想法，根本不是什麼關心，而是一種「想要看到他受傷」的情懷……我先告訴你，維尼是個變態，他有著一套很神祕很暴力的，詮釋世界的方式。

「嘿，你知道那個傢伙是誰嗎？」

維尼忽然開口問道，我的視線飄向遠方，他指著的那個人是和我跟小粉同年級的男生。我們就先稱呼他為憤怒男孩吧。憤怒男孩是從數字鎮轉學來的跳級資優生，他現在才十六歲。身高大概和小粉相仿，身形也應該差不多。我能這樣精準的推估，絕對不是因為當初我花了許多時間觀察小粉的身體。

我趕緊對維尼說道：「嘿，不要看他。」

雖然講真的，我很希望維尼被憤怒男孩打到住院，離開我和小粉的小小世界。但很可惜，很愚蠢，很智障的，我就是內建太多不必要的良心。

憤怒男孩總是憤怒，所以他叫做憤怒男孩。同學一年了，我還是不知道他為什麼憤怒。在當時，我們總試著忽略憤怒男孩，因為他實在太憤怒了，感覺只要靠近，就會被揍。付出關心的成本太大，大家就索性不關心了。

但我希望你知道，行有餘力，你是可以關心其他人的。很多人在這個時代，會告訴你，每一個人的付出，都是等價交換。那是真的，幾乎就是真理了。但這一種「我付出了什麼」而「我需要得到報償」的想法，根本就是人類最愚蠢的發明之一。次要愚蠢的大概就是體重計。

可是人類就是笨蛋，我們就是發明了許多我們擺脫不掉，專門折磨自己的東西。

雖然關心他人，或許會沒有回報，但不代表你就該放棄這件事情。你是可以關心他人的，回報等以後再說，因為你永遠不會知道究竟你關心的那個人會不會變成什麼億萬富翁來找你報恩。

維尼笑了起來，說道：「他看起來好生氣耶——所以你們才都那樣叫他啊？」

小粉回以一個微笑，他的微笑每一次，都讓我心抽了幾下，很像是心痛。我確實懷疑過我有心臟病，但我最後認定那叫心動。

「聽說你們有個什麼睡衣樹慶典？我在之前的學校都沒參加過。你要陪我嗎？」維尼說道。

當時，我在心底冷笑了幾聲。這傢伙，竟然想要約小粉去那種地方？這麼乾淨脫俗的小粉，怎麼可能想去那種資本主義陰謀祭典啊？那根本就是小粉最討厭的事情。

這傢伙竟然不知死活想找他一起去，還不看小粉好好訓他一頓。

結果，你認為，小粉怎樣回他呢？

小粉先是沉默了幾秒，接著點了點頭，再來是露出他那好看到，連天使都會墜樓的笑容。「好、好啊。我在校外住宿，你要來嗎？」

這就是我說的，第三個異象。

我現在當然知道，小粉根本從來就沒有那麼抗拒資本主義，他是不喜歡資本主義沒錯，但重點仍舊是，我不是對的人。

我不是那個，可以讓他願意沉淪的人。

當然在那個時候，我根本不可能像我現在這樣聰慧。我根本無法理解「小粉答應陪維尼參加睡衣樹慶典」這個情境。要理解這個情境，我必須先心碎，但人類都是擅長保護自己的，所以我詮釋了一個我自認為很合理，且讓我更愛小粉的原因——

小粉實在，真的，真的，是個太溫柔的人了。他不好意思拒絕維尼這個孤苦無依新來的轉學生的邀約。

003

維尼是個撒謊慣犯，讓我來告訴你，他的謊言，是如何破壞我的記憶的：

剛認識不久的時候，有一天，我們坐在問號餐廳，吃著問號餐點。總之，就是你也會常常遇到的那種一般用餐狀況。但小粉那天穿了粉紅色的格子襯衫和米色卡其短褲，可愛到不行。

維尼坐在我和小粉對面，看著盤中的食物。他先是用叉子插了一塊薯條，將其翻了翻，接著彷彿就像已經吃過了一樣，抬起頭看著我們。

小粉當時正在奮力和一塊肋排戰鬥，他的食慾對我而言一直都是個謎。瘦子，在這個時代，是個非常難以面對的生物——當你遇到一個胖子時，你通常已經被社會訓練到知道要如何應對。你知道不該對他說些什麼你要少吃多運動之類的話，你知道那也許會傷人。但當你遇到一個瘦子……瘦子耶！瘦子就是要多吃啊？不然風吹就倒。瘦子一定食量很小，否則不會那麼瘦。

事實就是，我們很擅長應付實際上，肉眼能夠視之的傷痛。但很多傷痛是藏在很裡面的，你姑且看不見，不代表它不存在。

總之，小粉的每餐食量是三人份的餐點加一大杯含糖飲料。像那天，他吃的就是一大碗加大麵量的拉麵，一大塊肋排，一份大薯，一顆布丁，和一杯果汁。

我和小粉第一次一起吃飯時，因為他沒有點薯條，我問他要不要吃我的，且先讓他自己拿，因為我得去一趟洗手間（補妝）。結果回來時，整包薯條就已經被吃光了。

那對我，在第一瞬間，造成了很大的傷害——會有人直接把其他人的食物全都吃完嗎？

但我看到小粉那麼好看的臉，和那麼精瘦的身體，我就心軟了，怒氣始終也沒有湧出口——他那麼需要食物，我需要給他更多食物。

從此以後，每一次，我點餐都會點套餐，並將薯條拿給小粉吃。

在小粉正優雅地和肋排奮鬥的同時，他竟然出乎意料有同情心地發現了維尼的狀況（也就是拿著叉子翻滾薯條假裝自己進食），並且難得地，打斷自己的進食，放下手中的肋排，拿了溼紙巾擦乾淨雙手。

「你怎麼不吃？」小粉問道。

維尼繼續用叉子翻滾了一下食物，接著看向我們。他先是眨了眨眼睛，扭了扭脖子，露出一個很醜的笑容（所以才能讓小粉也跟著笑起來），然後放下叉子。

維尼說道：「我有個朋友，他叫做鬱鬱。有一天他向氣球攤販買了一顆氣球，開心地拿著，終於笑了起來，在街道上奔跑。他好開心喔，結果啊，跑著跑著，起風了，他就跟著氣球一起飄了起來，最後我就再也沒有見到他了。」

這到底是什麼樣的午餐對話？正常的午餐對話應該是——妳知不知道昨天那個誰誰誰跟誰誰誰誰出去約會啊？真的啊，但那個誰誰誰不是和誰誰誰誰在交往嗎？什麼？我以為誰誰誰誰誰和誰誰誰誰在交往耶！真的嗎？天啊。啊，這個飲料真好喝，永永妳對我真好，我想把妳娶回家當老婆。

誰會無緣無故瞎扯一個拿著氣球飛起來的朋友的故事啊？

出乎我意料地（我知道這個詞我太常用了，但你要知道，在當時，我真的每天都像是發現新大陸一樣），小粉竟然露出感傷的表情，並且向前伸出手，握住維尼的手。

「你一定很辛苦吧，之後就再也沒看到你朋友了。」小粉說道。

要知道，我親眼看過，小粉在一隻貓被車撞之後，頭也不回地向前走。當然，那時候小粉的說詞是，貓已經回天乏術了，他沒有辦法承受那種傷痛，他不敢看。這麼脆弱的少年，逼得我母性勃發。

這樣擅長躲開他人傷痛的小粉，竟然伸出手，摸了維尼，並且安慰他。我從來沒有被小粉這樣安慰過。

當時我只確定，維尼這傢伙真是個敗類，靠謊言，來貼近小粉（和我）。

諸如此類的維尼式謊言，不斷出現在我們生活之間。

像是又有一次，我們在學生餐廳吃飯（因為當時我和小粉都沒錢了），當日的餐點是關東煮，小粉的餐盤上放了四盒滿滿的關東煮（蔬菜類、肉類、豆類和麵各一盒），而維尼那一次，連偽裝也沒有，就直接拿了杯白開水。

小粉很快就幾乎快把肉類吃光了，我小心翼翼注意著自己吃飯的姿勢，不要讓自己變成食怪。在我正和豬血糕奮鬥的同時，小粉竟然停下了進食。這次我不怎麼驚訝，畢竟自從維尼出現後，小粉常常暫停進食。

但小粉開口，問了維尼一個讓我當場胃痛的問題。

「你肚子不會餓嗎？你可以吃一點我的。反正我可能也吃不完吧。」

維尼深呼吸了一口氣，說道：「你知道，關東煮是，怎麼做出來的嗎？」

小粉回道：「工廠？」

「關東煮，是從關東煮王國出來的，他們是關東煮王國給人類世界的——」

「拜託不要說是貢品。」我忍不住插嘴。

維尼用右手擊了自己的左掌，指了我，興高采烈地喊道：「對的！就是貢品！」

「天啊。」我翻了白眼。

正當我準備結束這個話題，想著小粉應該也不可能有興趣繼續聽他瞎扯吧，小粉卻是那個先把這話題繼續下去的人。

「所以代表說以前有過戰爭嗎？」

我不敢相信自己的耳朵，看向發話的小粉，「啊？」

「對！在很久很久以前，還沒有時鐘的時代。如果要說時間點，那是一個巫師從洞穴出門，要詛咒王子的時間。」維尼將身體向下傾了一些，並把聲音壓低，他雙眼緊緊盯著小粉，說道：「有個人類，他乘船捕魚，但他不太會開船，在海上迷路了，根本不知道自己漂流多久，開到了一個充滿著花樹的林道，花聞起來香香的，就是花的氣味。樹林的盡頭是道門，人類很興奮，就把船扔在旁邊，打開那道門闖了進去。」

我搖了搖頭，不敢相信他在這裡鬼扯，難道現在是什麼露營大會，大家要分享床邊故事嗎？

但顯然是我太沒有同學愛，面對維尼不明原因的精神崩潰，小粉非常有愛心地配合他的幻想，說道：「啊，我好像聽過這個故事。」

我注意到維尼的表情，他先是呆愣了一下，接著露出一個比一開始，還要燦爛（噁心）的笑容。

「你也知道這個故事？」

小粉點了點頭，張開雙臂，還不小心推到我，但小粉顯然很立志於要鼓勵（精神崩潰的）維尼，所以他完全沒注意到我被他推到喊叫了聲。

小粉也跟著壓低身子和音量，「一開始啊，那個通道很窄，人類幾乎得用爬的，才能前進。但他很努力很努力，直到通道變寬了，他看見更多光了——他看見一片廣大的世界，每一間屋子，都是竹子做成的湯屋，也就是在這時候，他遇到了關東煮王國的村民。」

維尼興奮到跳起來，蹲在學生餐廳的椅子上，說道：「對對對！他遇到了豬血糕小姐。」

維尼繼續大聲地說著，引來了其他人的注目，「那個人向豬血糕小姐問了自己究竟在哪裡，豬血糕小姐告訴他，他身在關東煮王國，這裡是與世隔絕的仙境，所有的關東煮民在這裡都很安全，昆布神下了結界，只有每一輩子前後包含嘴巴耳朵都不會破處的可憐處男才能通過。」

見附近注意我們的視線愈來愈多，我試著打斷維尼，然而小粉卻善良到接續維尼的瘋言瘋語。

「那個人就和關東煮村民分享了人類世界的故事。當時，人界還在戰亂，關東煮王國們聽到，都很惋惜，但卻也礙於他們不能離開昆布神太遠，而無法提供任何協助。但村民們打包了昆布神的體液，讓那個人帶回家，和朋友分享，說是可以讓人類感到幸福。雖然那個人沒有什麼朋友，但他仍然打包了三大袋離開。」

維尼一邊聽著，一邊露齒而笑，那笑容就像是他找到了什麼珍奇異獸一樣——維尼忽然站到桌子上，跳到我身旁，我又一次位置變成處於小粉和維尼之間了。

維尼把音量壓得異常低，非常低，瞇起眼睛，伸出右手，噁心的食指在我眼前晃了幾下，「但在離開前，豬血糕小姐要求那個人，不要告訴其他人類關東煮王國的存在。當然，那個人深情地擁吻了豬血糕小姐後給予了承諾。」

維尼和小粉同時下了椅子，兩人走得相當靠近，同聲說道：「但是——」

奇怪的景象在這時候展開，我覺得我好像走錯攝影棚之類的。

「他打破了承諾。他告訴大家了。」他們又一次同聲說道。

維尼接著說：「大家都知道了，人界國王喝了昆布神的體液之後，決定要攻占關東煮王國！」

小粉回應：「那個人在帶領著軍隊前往攻打關東煮王國時，雖然有點後悔，但是為了自己族類的未來，他仍打開了門，攻占了關東煮王國。」

「關東煮王國最後成為人類的奴役國，簽約每年提供人類無限的關東煮村民做為食物，換取人類忘記關東煮王國的存在。於是昆布神就降下甘霖，所有喝到昆布神體液的人類，都會忘了這件事情，從此冷凍關東煮都會自動出現在廠商的冰箱中，誰也沒有對此感到好奇。」

小粉結語道：「史稱，關東煮事變。」

他們兩人幾乎就要在大庭廣眾之下抱在一起了，但因為我也跟著站起身，他們似乎意識到我仍然在這，瞬間兩人都向後退了一步。

我提著餐盤，看了小粉一眼。「我吃飽了，上課快遲到了。」

如果你以為上面那樣，就是最誇張的，那你真的是完全誤解了小粉的善良和維尼的惡意。

那天是學校偶爾會舉辦的野餐日。我替小粉準備了滿滿兩籃子的野餐食物，一盒滿滿的三明治和一盒飲料與濃湯。好啦，我也有多替維尼準備一小籃，單純是因為小粉拜託我替維尼準備，還誇獎了我的廚藝。

當我們三人坐在草皮上，小粉忍不住已經開始大口大口吃著我準備的愛妻便當時，維尼先是拿起三明治，在手中翻了翻，接著拿起紅茶，打開蓋子，嗅了嗅，而後問道：「你這紅茶，是自己泡的嗎？」

我毫不猶豫地回道：「當然啊。」

「茶葉呢？是你自己種植的嗎？」

小粉此時從三明治海中抬起頭來，看向維尼，問道：「不會有人自己種紅茶葉吧？」

我幾乎不知道自己究竟聽到了什麼，我感覺到小小的耳鳴，不是生理上的，至少還沒嚴重到變成生理上的。我的靈魂，好像被忽然炸到一樣，我一瞬間不太知道該說什麼，整個人愣在那裡。

維尼皺起眉頭，「她說過她家裡是種茶葉的啊。」

對，我說過。而且不只一次。我一直都很自豪這點。我們家是問號鎮唯一沒有使用基因改良作物的農家。我大概第一次把小粉從他房間那奇怪的衣櫃裡拯救出來之後，就馬上告訴他了。

因為那是我少數可以拿出來說嘴，證明我自己是很棒的素材。

然後小粉說他不知道。他不知道這件可以說是我本身很代表性的象徵。他不知道我。

在當時，由於那耳鳴的感覺太小了，小到我還可以假裝是別的緣故，像是天空忽然比較亮了，小粉穿的短褲太短，我幾乎都要熱到窒息了。或者是維尼，維尼太惹人厭了。

一定是維尼那討人厭的傢伙的緣故。

一定是維尼知道小粉因為操煩的事情太多而忘了我說過的話，所以故意試圖激怒我的。那個討人厭的傢伙。

我只是勉強露出一個微笑，說道：「是我家裡種的。」

維尼聽完，向我笑了笑，喝了一口我準備的紅茶。神靈在此完全沒有顯示神蹟，我分明已經祈禱他嗆到，但他竟然一口氣就把所有紅茶喝下了。

當時我的氣憤遮掩了很多事情，包括小粉並沒有試圖向我道歉，或者找些彆扭的藉口讓我感覺良好。他就是沉默，接著繼續吃起我準備的三明治，彷彿一切都是那麼理所當然。我也沒注意到，這是維尼第一次，在我們面前喝下不是白開水的液體。

當小粉迅速將整籃三明治都吃掉後，維尼將原本屬於他的那一小籃遞給小粉，「還是你吃吧，我不餓。」

「真的嗎？」小粉眨了眨眼睛看著籃子內的三明治，又抬起頭看向維尼。「你真的不餓？我也是可以不用吃這麼多。」

你看，這樣善良，富有愛心的小粉，你怎麼捨得對他生氣？

「我其實沒什麼胃口。」維尼忽然說道。

小粉身子傾向前，急忙詢問：「你怎麼了嗎？」

「昨天，我到了一間奇怪的便利商店，叫做抹香鯨便利商店。」

小粉呆了一下，接著笑出聲來，點了點頭。而我在旁邊，完全搞不懂這究竟是怎樣的發展。

「裡面當然不是賣鯨魚的，雖然裡面有賣水母。」

小粉晃了晃頭，撥弄了自己的頭髮，說道：「我猜猜，你遇到，嗯……魚頭人身的顧客，剛好去買貓罐頭對吧？」

「對。你不覺得很奇怪嗎？」維尼笑起來，「他怎麼會養貓？他難道不怕自己被吃掉嗎？而且他是什麼類？哺乳類？兩棲類？海鮮？」

「對！我每次都很好奇！大家在講人魚，為什麼沒有好奇過這個問題？」

「而且在那樣的環境裡面，他難道不會窒息嗎？他是魚頭耶！」

「所以，你有買水母嗎？」

「當然有啊，那可是水母耶，超可愛的，可是店員告訴我，一拿出店面，水母就會消失，這是為了預防有人盜取他們公司的水母基因。」

「好可惜喔，我也好想看看。」

「有機會我們就一起去那間便利商店，真的超有趣。」

抹香鯨便利商店的話題延續了幾天。

「那個店員告訴我，他是邪教教主，你不覺得超酷嗎？」

「我才是邪教教主呢！」

我記得這對話，卻不太記得究竟是誰說哪一句——後來我們去了鎮上的電影院，當小粉點了三條吉拿棒（他每一次都會替我點，但我都會給他吃），遞一條給維尼，維尼只是皺起眉頭，說道：「你知道，其實吉拿棒，是小精靈們做的嗎？」

小粉此時已經吃掉了一半的吉拿棒，「啊？」

維尼伸出手指，指向櫃檯後的烤箱，「那個烤箱啊，不是在轉嗎？其實那是小精靈在轉，小精靈在替吉拿棒翻身。裡頭非常熱，所以小精靈推完，就會燒死，燒死後就變成白色結晶，也就是吉拿棒的糖粉。」

小粉咬了一大口吉拿棒，看著維尼，笑了起來，臉頰鼓鼓的：「難怪吃起來都有幸福感。」

「跟你講個更幸福的——」維尼露出一個笑容，指了自己的臉，「你知道，同時有另外九十九個我，正在對另外九十九個你，露出這樣的笑容嗎？」

「那你覺得，那些我們，現在在做什麼？」

「我猜有一個是總統了吧。或者我們就是總統和副總統？這樣可以嗎？不知道會不會違法。但可能那裡有不同的法律吧。」

「也可能跟我們一樣，正準備進電影院？」

「對啊。或許完全一樣，每一個我們都一樣也說不定。」

「那就相信這個吧。」

「好啊。」

後來他們究竟實際還講了多少，我甚至不太確定每一句對話究竟是誰先說的，他們兩個完全沒有停頓，就你一句我一句，編撰著他們腦海中那些幻想世界。當然在那時，我並不覺得是這樣，我認為是維尼有某種精神疾病，而小粉出於對任何人類都有的關心，不忍拒絕，只好跟著一同沉淪。

你可能有注意到，在上述這些對話中，我幾乎是不存在的。那並不是因為我刻意刪減掉我的戲分，我承認，我確實會在某些太難堪的情境中，將自己稍微刪減，但這裡沒有。這裡就是，我真的，不在裡面。

即使我們通常不願意坦承，但戀人們，是擁有排擠副作用的。戀人們會築巢，只有他們能夠呼吸的巢。當時，我們三人可能都還沒有真正發現，但確實，維尼和小粉就是正在築巢，而我是那個很快就會掉下樹枝的孤雛。

如果你不屬於那個相互愛著的人之一，你便永遠無法與之同日而語。戀人們，和你，並不在同個時空。

然而，要記得，戀人們不是故意的，他們只是不愛你罷了。

在我之後終於稍微看清楚了現實，且重新認識小粉和維尼後，我才有力氣開始回憶這些往事。

有一天吃早餐的時候，為了補足我腦海中某些對話的空缺，我問了小粉（和維尼）有關之前對話的問題。但他們甚至不記得當初他們談了什麼，兩人只是相視，接著柔軟大笑。

他們不記得他們談過的那些光怪陸離的故事，我竟然如數家珍。一直到那時候我才真正發現，維尼的謊言，那些和小粉一同建構出的童話故事，以一種極端暴力的方式，摧毀了我的記憶——他並沒有讓我失憶，我的記憶也沒有消失，嚴格說起來是：我記得太多。

他（們）讓我知道的是，當你不是被愛的那一個人，你的記憶，真的，完全，全部，一寸一分，都只是廢料。

原來我的記憶，在愛之前，是那樣不重要。

維尼是個惹事狂，甚至害我們被趕出他自己的新生派對。

逗點大學，有個歷久彌新的學生公約：女生穿裙子，都必須穿安全褲。

之所以說是學生公約，是因為它是學生會所訂立，沒有實際法約束縛力，很像是你父母威脅你說下一次你再晚回家就跟你斷絕親子關係，那類基本上是請求，而不是命令的喊叫。

啊，不好意思，我們說話，最好還是註明清楚出處。這概念是出自維尼那荒唐傢伙的。

那是一個不太重要的情境，反正你也知道，就我、維尼和小粉，三個人，出現在同一個場合。一個讓我們可以說話的場合。你乾脆就假設是在一間咖啡廳好了。

好吧，為了讓你更容易理解，我們確實就是在一間咖啡廳。

我、維尼和小粉，在一間咖啡廳。桌上有一杯特大杯的奶茶，那當然是小粉的。同樣的，一整個下午茶三層套組，也是小粉點的。我自備了紅茶。我不習慣喝外面煮的飲料，但看維尼什麼也沒點，小粉竟然善良到提議我將紅茶分給維尼喝。於是我的紅茶就變成了我的慈善事業，維尼就是那個在天橋下乞討還常常被政府拿水管噴射驅趕的遊民。

那杯紅茶很甜，因為我是專門準備給小粉喝的。我們家自己熬煮的糖漿，熱量低但超甜，是大家的最愛。最後卻是維尼把整杯紅茶給喝光了。

在維尼喝光紅茶後，他的狀態和先前有些不同，我不太知道為什麼我會這樣認為，但他的情緒明顯比較亢奮。不過講真的，我並沒有很好奇原因，我根本不在乎他的死活。

看著手中的學生公約，維尼搖了搖頭，「我真搞不懂為什麼會有這東西？而且為什麼我需要參加新生派對？」

我在內心翻了白眼，回道：「因為你是新生，雖然是轉來的。」

小粉從草莓蛋糕的懷抱中抬起頭來，「呃，我們應該，可以一起去？那畢竟是學生活動，不會只有新生參加吧？」

他的人中沾上了奶油，我就要伸手去抹掉（然後走去廁所偷偷把手上的舔掉）之際，只見維尼伸出手指，迅雷不及掩耳地抹下小粉人中上的奶油，寡廉鮮恥地含住自己的指尖，奪走了我跟小粉的親密時刻。

維尼對小粉露出一個燦爛的微笑，舔著手指，小粉的耳際有些紅——但那很正常，因為小粉本來就是個很容易害羞的人，被維尼那變態這樣對待，誰都會感覺不自在的。

在那兩人正在進行尷尬的沉默之際，我連忙回道：「好啊我們一起去。」

小粉對維尼的笑，總是在維尼碰觸到他肢體的瞬間成為極大值，但沒有多久，弧線就會跌落至一個尷尬的角度。在這裡，我觀察到的，並不是小粉笑的弧度從小丑變成蝙蝠俠偉恩，而是笑的「狀態」。天真的我，就更加以為那只是因為小粉根本不想和維尼親近，而維尼就是個沒有私人空間概念的傢伙。

小粉對自己有多麼的厭惡，我從來沒有真正體會到。那麼美好的人，怎麼可能討厭自己？

「但我還是不能理解耶，為什麼啊？」維尼看著學生公約，「學生會是沒有實際效力的，那，為什麼你們要遵守？」

「啊？」

我好像常常發出這樣的聲音，但確實在和維尼剛認識不久的日子裡，我時常對他的各種行動回以困惑。況且，詢問異性貼身衣物的話題？這根本就超沒有禮貌吧？

但如果是小粉問，我願意直接脫給他看。

「既然他們沒有實際效力，甚至不能懲戒你們，那為什麼，在這樣的天氣，都已經穿了內褲，還要再額外穿上安全褲呢？」維尼搖了搖頭，放下手中的學生公約，「沒有辦法懲戒對方的話，就只是請求，而不是命令。就是喊很大聲，求妳不要那樣做而已。」

我皺起眉頭，毫無遲疑地回道：「這樣才不會走光啊。」

「但走光又怎麼樣？」

「輿論。會被排擠。」小粉這時候才忽然加入這個話題。

現在回想，我才確認了小粉當初說這句話，總共六個字，究竟是花了多大的氣力。乃至於當時他說完這句話後，在我和維尼的對話中，他幾乎就沒再多說什麼了。我竟然沒有發現這點。

我當然不可能主動忽略小粉，問題是，在小粉面前和維尼談論內衣褲這種話題讓我很不舒服。那實在太怪異了，就像是真的被看光，但明明就沒有被看到任何東西。

這樣的羞恥感，成為我記憶的某個重要烙印，它讓我記得一件非常重要的事情，也是讓我之後幸好能夠原諒小粉，並且放過自己的原因之一。

因為，這讓我知道，不論你是否是對的，你都可能懦弱。因為懦弱，你就穿上衣服，穿好幾件，直到無人能把你看穿。小粉，就是這樣，一件又一件，套上又套上，直到他把自己喬裝成那麼剛好的，少年模樣。

我沒有說小粉的行徑是對的，我也不認為他這樣就不好，但之後我靠著這個烙印，理解了有些人，就是天性懦弱也不願意改變。那就，不要改變吧。就算覺得對方的行徑很爛，你也不應該逼對方和你袒裎赤裸。

你記得我之前告訴過你，小粉那個總是壞掉，維尼出現之後壞得更凶殘的衣櫃嗎？我為了理解那個衣櫃壞掉的現象，最後形成了這樣的一個論述：赤裸與否，是屬於自己的決定，而非他人應該干涉——因為沒有那麼多人，有足夠的勇氣面對自己。要抵達赤裸，是需要一連串過程的，有些人天賦異秉，擅長穿脫，有些人穿上去就很難脫掉。這都是很常見的事情。

常見不代表就是正確的，常見就只是代表，常見而已。

當時的我，無法理解維尼的問題。我甚至無法理解，維尼究竟是為什麼會不懂這個道理。女生走光，就是會被笑；如果還被拍照錄影，大家都知道了，就會成為全校笑柄。家長也會來到學校，看到自己女兒的走光照，他們是要如何是好？

這麼簡單的問題，究竟為什麼維尼會不懂？這是我那時候唯一的想法。

「女生走光，就是不行啊！」我最後只擠出了這樣的回應。

維尼又繼續回道：「但我們也常常只穿著內褲跑來跑去，球場打球也是很多這樣的狀況，我們並沒有被訓誡一定得要穿上安全褲啊？」

我提高了一點音量：「那是因為你們是男生啊。」

維尼皺起眉頭，「為什麼？」

「啊？」

維尼看著我，露出一個，我不知道怎樣解讀，但我姑且就將之詮釋為，悲傷的眼神吧。

「為什麼因為我們是男生，就有所不同？」

「就、就是不同啊？」

我不理解維尼的問題。說真的，這話題已經讓我不是很愉快了。但身為一個有教養的女性，是不能在對話中途揚長而去的。

「所以妳的論點是，因為男女有別，所以女生必須即使天氣很熱，穿裙子裡頭也得額外穿上安全褲，以防危險。而男生，不會因為走光而危險，因此不需要穿安全褲？即使這件事情完全沒有道理？」

「為什麼會沒有道理？如果走光，可能就會被嘲笑。沒有人願意成為笑柄吧？」

由於這話題實在讓我太過困窘，我只想盡快結束這個話題，於是我草草結論：

「反正大家都這樣啊。」

維尼在我回完後，忽然放下手中的傳單，將椅子整個拉到我面前，握住我的手。

他深深地，深深地看著我的眼睛。從未有人那樣靠近過我，連小粉都沒有過，我完全嚇到不敢移動。（我必須承認，深深地，這種詞彙根本很虛無，但你就想像他看著我，像是節食了很多天之後看到一塊雞排在眼前般炯炯有神就好。）

「問題不是出在妳們身上，是這個環境病了，是這裡不夠安全，才需要那噁心的什麼安全褲。即使妳真的遭遇危難了，我也希望妳不要忘記這件事情。那都不會是妳的錯。妳要記得。」

我只想快點結束這話題，於是也沒有多做回應——說實在的，他那話對當時的我而言，根本沒有任何道理。但確實，投下了一點石子，掀起了一點，我還不太知道是什麼的東西。

小粉聽到維尼說這些話的時候，常常緊皺的眉頭，就那樣稍微鬆開了。如果我看得夠清楚，我或許在當時就能夠知道原因，省去後來的諸多苦難。

我是很難過的，難過的主要點有二。第一，小粉在這整個過程中，沒有替我做出任何辯護，他甚至根本沒有說話。在說了「輿論。會被排擠」那六個字後，他就安靜了。他怎麼可以讓我一個人面對維尼這種奇怪的問題？他不是應該要保護我的嗎？

第二，有一個，很小，很小的部分，在我很深很深的裡面，是贊同維尼的。而這在當時把愛情看成宇宙第一大事的我腦中，是不可原諒的。因為我是不應該接受維尼的，因為他是那個干擾了我和小粉完美兩人世界的傢伙。他就是那個老鼠屎。

我怎麼可以，接受老鼠屎的觀念？

情境從咖啡廳轉移至學生會舉辦的新生派對。

維尼全身黑著，彷彿參加喪禮，小粉則是穿了超可愛的淺粉紅色水母圖樣白襯衫和黑褲。那次是少數，小粉沒有將衣服紮進褲子裡，而且襯衫的尺寸也難得比往常寬鬆許多。維尼的出現，不斷地，摧毀著小粉的衣著習慣。

「嘿，我就說吧，你穿這樣很好看。」

維尼在燈光下端倪了小粉，伸手撥弄了小粉有些凌亂的額際髮絲，他們兩人陷入的那個時空漩渦，在當時我幾乎是硬踩著高跟鞋，才勉強站穩腳步沒被吸進去攪成粉末。

深呼吸，沒什麼，維尼只不過是一個太亮的燈泡——這情況就像是妳跟妳老公領養了一條狗，為了更進一步親密生活，結果妳老公卻每天帶那條狗去散步，忘記要跟妳履行夫妻義務，連睡也跟那隻狗睡在一起而已。這，沒什麼。深呼吸。

不得不說，我覺得自己真的很優秀，竟然能找到那麼多詮釋方法，讓自己繼續活下去。

小粉眨了眨眼睛，露出一個笑容，「好看嗎？」

「很好看啊，雖然你穿什麼我都會覺得好看。」

維尼搶走了我的台詞，那句應該是我要說的，那個剽竊狂。那個骯髒猥褻沒禮貌的傢伙，竟然以自己轉學生的身分來對小粉進行情緒勒索，讓小粉不得不接受他那奇形怪圖的衣服。

之所以說維尼是個骯髒猥褻沒禮貌的傢伙，是發生在約莫一小時前的小插曲——

在咖啡廳喝完飲料吃完下午茶後，我們三人決定一同前往學生會的新生派對，但維尼說他得回家拿一下東西，於是我們就一起去了他家（違背我的意願，我根本不想靠近維尼，如果可以，我要消音維尼）。

到了家後，維尼認為自己應該換件衣服，原本穿得太繽紛了（當時維尼上身穿了一件白底鯨魚圖樣襯衫）。他覺得在新生派對的場合，自己比較適合以素色前往，於是他就穿了全身黑的喪禮服。

看到他從更衣室走出來，我忍不住問道：「你為什麼要全黑啊？這樣好嗎？很像有人死掉耶。」

「會嗎？」維尼看了看連身鏡中自己的衣著，抓了抓後腦杓，「那就當我裡面死掉好啦。」

很多時候，每個人的台詞，看起來都像是隱喻，都可以解開，穿鑿附會，生出新的意義。我一開始也不確定是不是記憶被時間染色了的緣故——之後我才知道，根本就不是這樣，時間還來不及感染記憶，維尼說的很多句子，都幾乎就是抓著我們當面哭喊了，只是我們都沒聽到。我們都把那些句子，當成了隱喻。

下意識地，將求救訊號解讀為一種隱喻，就不需要負擔太親密太多的關注。因為隱喻就是夾娃娃，你可能永遠夾不中，沒夾到也沒關係，沒夾到屬於天災，天地無情，我們不需要歉疚。

「你要不要試看看這件？我覺得你穿起來會很好看的。」

維尼忽然從更衣室拿出一件有著水母圖樣的白底襯衫，扔給小粉。那衣服完全不像小粉的風格，小粉就是格子襯衫格子襯衫格子襯衫，小粉是非常乾淨的人。他怎麼可能會穿——算了，我相信到這個階段，你都知道我接下來要說什麼了，所以我懶得說了。

總之他就穿上了那件大到不像樣的衣服，不得不說，小粉確實看起來可愛好看到不行。小粉當然穿什麼都好看。他是小粉耶，我的未來丈夫和小孩的爸爸。

在我詢問小粉為什麼穿上這樣的衣服的時候，小粉只是對我露出一個靦腆的笑容，舔了舔上唇，說道：「就好玩嘛。」

而我就信了。小粉是個很好的朋友，為了讓維尼感覺不被排擠，因此穿上自己不喜歡的衣服。

天啊。那個年紀的我究竟是愚笨到什麼地步，著了什麼魔，小粉這種幾乎根本連嘗試都沒有嘗試的初級謊言，我也沒有識破？到底怎麼回事？

後來的事情你也知道，如同上述，我們三人就這樣抵達了新生派對。

接下來，就是丟臉的時刻了。

當時學生會長（女生）已經在台上逐條念出新生規訓，結語說道：「我們都知道，到一個地方，就要懂那個規矩，否則你就無法在那個地方生存——」

在一種完全意外，我和小粉都在喝學生會準備的飲料之際，一旁的維尼大聲地喊道：「為什麼啊？」

學生會長也沒有準備遭逢這樣的意外，於是愣在台上。維尼見沒有人回應他，場面一片沉寂，也沒有因此認為是自己說錯話應該閉嘴了，更大聲地喊道：「妳不覺得身為學生會長，對新生說這種話，根本不對嗎？」

「同學，不好意思，你是不是——」

「一個環境不能容納不同的人，一定得要符合某種規矩，才願意接納彼此，那樣的環境是什麼啊？那算是一個好的環境嗎？妳怎麼可以這樣對大家說話啊？」

「同學，聽著，我們這裡是一個大環境，我們接納每一個人的意見，只不過，我們必須尋求一個共識。」學生會長打斷維尼的話，「雖然，你可能很好，但你必須要收斂你的氣焰，你必須和他人相處合作。同學，你還年輕，你要知道，這個世界跟你腦海中的幻想世界是兩回事。你這樣講話，是會被討厭的。」

「你們以為在洞穴前貼一張禁止進入的告示，裡頭的怪物就不會跑出來了嗎？」維尼喊道：「你們以為自己能懲罰我們嗎！」

後來發生的劇情很簡單，結果事實上學生會確實也有一點懲罰訓誡手段，不純然只是維尼所說的無效力請求——我、維尼和小粉，三個人被趕出了新生派對會場，我們三個人，在晚上約莫七、八點之際，在大街上，不知道該去哪裡，並且很可能被所有學長姊討厭了。

走在夜晚的大街上，我是很困惑的，困惑的地方是，我竟然沒有因此不悅。因為維尼脫序的行動，而被迫離開那個集體秩序井然的會場，我第一個念頭竟然不是我要憤怒，我要罪魁禍首付出代價。我不知道當時我感受到的是什麼，我只知道我笑了。

在我們被架出新生派對會場之時，維尼讓我真的，笑了。第一次，我從沒預料到會有這個可能。

「好爽！」維尼雙手大開，攬住我和小粉，喊道：「真的，不應該在那個地方待太久，太恐怖了。你們剛剛有聽到她說女人的年齡是祕密嗎？怎麼可以這樣講啊？」

小粉只是笑著，在一旁看著不知道怎麼了忽然極端亢奮的維尼。而我雖然感覺困窘，但也沒有立刻將維尼推開，他說的某些話，刺到了我很深的裡面，我還不知道那是什麼。

不知道要怎麼離開一個情況的當下，你就不應該動。當時的我是這樣想的。

「永永，我跟妳講，妳不可以聽信那種混話。他們總是會告訴妳不能做什麼，不能怎樣。妳不能告訴大家妳的年紀，因為大家會不喜歡妳，男人不喜歡年紀大的女人。妳不能素顏，因為男人不愛素顏的女人。妳千萬不要相信那種垃圾話。如果他們愛妳，他們就是愛妳，其他東西，都不重要。

「他們會說，如果這樣做，妳就會死。不要相信他們。那些垃圾。不要相信他們！

「『看起來太輕易』也會招人嫌惡。一個人拚死拚活還趕不上妳，這樣是會造成他人心理不滿的。所以我們被教導要『韜光養晦』要『低調』。但管他們去死。我說真的，管他們去死。他們趕不上妳，那也不是妳的錯。如果妳很好，那就是很好，不要讓別人告訴妳其他的。

「啊！」

維尼一個人急促快速地講了幾句話後，大叫一聲，忽然就整個人躺在大馬路上，迫使我和小粉也跟著躺下。他還大笑了好幾聲。他整個人在喝完那杯含糖紅茶後，真的，有點不太一樣。

躺在大馬路上，看著天空，夜空中沒有星星——我從來都不知道為什麼問號鎮看不到星星。課本上是說，星星在很久以前就全部死去了，因為從前的人類許了太多願望，星星們不堪負荷，就集體自殺。

「以前我住的地方有顆星星，我成年的時候它就不見了。」維尼大笑了幾聲之後繼續說道：「後來啊，我就在紙上畫了好幾顆星星，貼在窗戶上，睡覺的時候看著那些星星，就感覺自己的願望都會實現。

「欸，我餓了，你們要不要一起去吃點什麼東西？」維尼先是這樣說了，接著大吼出聲：「我好餓啊！我、真、的、好、餓、啊！」

如果我的記憶沒有騙我，那是維尼第一次主動提到食物，以及主動提到自己想要進食。

維尼的那些話語，在現在聽起來，好像很輕鬆自然，沒什麼特別，雖然仍是有些猖狂。但我們可是處於個連男生穿戴粉紅色都會被側目，稍微打扮一下就會被嘲笑要被肛的年紀。空口說白話很容易，你知道要站在一群龐大而自認正確的團體前，當面指出他們的錯誤有多麼困難嗎？更不用提我們整個時代，把我們捏成那樣乖順的模樣。

光是要發現這樣的乖順是人為而完全不自然的，就已經很困難了，更別提對建構者提出控訴。我那個安全、秩序，充滿道德良善，有美好小粉的世界，是在維尼不顧後果的衝撞之下，才開始破洞的。

更精準地說起來，那個夜晚，是我的世界出現了小小細微肉眼還不可見的裂痕的開端。

儘管我對維尼有諸多怨言，他這個人也身懷許多祕密，我世界後來的大破洞也並不讓我完全愉悅。但終究，我對他打破了我那個世界的濾鏡，由衷感激。

傳說人類會開始遺忘，是因為記憶蟲的寄生。記憶蟲專吃記憶，寄生在人類的記憶裡，靠吸食記憶存活。被吸食過的記憶，會愈來愈淡薄，直到你終於只記得那種感覺，卻喪失了所有畫面。你的身體可能把那種感覺留住了，但你卻忘記那些發生過的情節。

我希望很久以後，我的記憶蟲們，會願意留給我那個日子。那個躺在大馬路上，一夜無星，卻在未來照亮了我很久很久的晚上。我現在告訴你這些，也是許願，因為我真的希望，我能記得那一天。

在當時我沒有發現，事後回想，我才驚覺，那是第一個晚上，我真的，覺得被一個人愛了的感覺。沒有被索求的，那種純粹只是那個人愛你、關懷你，沒有因此要求你回報他任何東西。

我是真的很討厭維尼，但如果我不小心忘了這件事情，也請你替我記得，好嗎？

005

我相信，是時候向你宣揚小粉是多麼美好的一個少年了：

一個人，究竟是怎麼樣介入了你生活中的，你有想過這個問題嗎？為什麼逗點大學那麼多的同學，我偏偏就和小粉搭在一塊兒？那一定代表了什麼意義吧。對吧？那時候的我是這樣想的。

事實上我相信，大多數人都是這樣想的——另一個人，來到你的面前，偏偏不是他、也不是他，是「那個人」，如果硬要湊一個什麼茫茫人海中兩人會相遇的意義，那，一定就是愛了吧？

這裡說的愛，指的是愛情。在當時，我也以為人生只有愛情。

先不提這種想法有多荒唐，我想在這裡讓你知道的是，小粉確實是一個在各個層面，我都認為非常美好的少年。

你記得那個粉紅怪物吧？就是那隻莫名其妙從小到大漂浮在小粉身旁，只有他自己能看見的，粉紅色水母。那隻消失了一陣子，在維尼介入我們生活之中後，又死灰復燃的幻覺嗎？

當時，小粉為了理解他自己的這隻「粉紅怪物」，翻閱了問號鎮所有能翻閱的水母資料。他得出了幾個結論，這些結論是由水母引發，但跟水母其實嚴格說起來不是那麼有關係的結論。

首先，有些生物生下來就不會適應這個世界。這項論點，來自於水母的飼養環境非常難以調配，滿足水母漂流需求的設備相當昂貴，多數個體戶是買不起的。只要環境不對，水母就會馬上死亡。飼養水母的水族箱，水流必須要細心調整，才不會讓海浪太大，水母被推到撞壁而亡。海浪太小，水母被推到塞車在角落無法活動。

過去有段時間，問號鎮商人們興起了販售鑰匙圈水母，就是在小小的管子中，放入一隻小水母，給你十毫升的營養液，告訴你只要固定每天滴入一滴，就可以讓水母活著。後來這項商業販售很快就失敗了，像是括號蝦餐廳一樣。

括號蝦餐廳是問號鎮有一段時期的政策，試圖將括號湖中，以人類大腦為主食的甲殼類生物括號蝦，捕撈並且養殖在餐廳的牆壁中。餐廳的牆壁是以透明玻璃間隔構成，括號蝦小小的十顆眼睛和尖銳細長的爪子曾經被視為一種賣點。在餐廳中央，有一個小小的池塘，有許多括號蝦被養在裡頭，很多顧客會在吃飯過後去池邊看看那些吃腦的蝦子。總之，在有幾個顧客掉進池塘中之後，風潮過去，餐廳就被移除了。

回到水母。水母適應力並不算好，很容易就死掉，這是小粉的結論。

「這不是很好嗎？為什麼要適應這個世界？」

小粉那時候正和我坐在問號鎮唯一的水族館中，看著前方一整片大水缸中的水母。他正坐在我的旁邊，他的聲音輕輕的，在全黑，只有水母缸發著光的水族館中，那聲音那麼像是從很遠很遠的地方傳來。但他明明就在我旁邊。

「為了適應，就只能活著，而不是活下去。這樣不是很可憐嗎？」

小粉嘆了氣，看著水母們在水缸中緩慢地繞著圈圈，我當時什麼話也沒有回，只是坐在旁邊，輕輕靠著他的肩膀。他明明就在我旁邊，我明明靠著他，以最可能靠近的方式親近著他，我卻總是沒有感覺到他在我身邊。

其次是互相傷害很正常。有些水母會需要吃其他水母才能吸收足夠的營養。互相吞食，在水母族群中是很常見的。因此，小粉認為互相傷害在自然界很正常。

「如果要為了讓自己活著，就可能會損害到別人吧？但這也是很正常的啊。」

我和小粉坐在水族館中，看著一個圓形水缸中，有隻體型龐大的粉紅水母，正以觸手刺穿一隻半透明的水母，將之吸食吞沒。看著這樣的畫面，小粉的側臉，是那樣美好，那麼好看，他看著那樣殘忍的畫面，只是淡淡地笑著，彷彿那是什麼完美人生全家福。

在當時，我的毛細孔或許全都在尖叫，要我趕快逃離現場。那是種人類還未能找到正確定名於是稱其為「直覺」的某種本能。但在愛之前，直覺也沒有任何幫助，愛遮蓋直覺，替直覺穿上美麗的內褲，漆上糖衣。

或許他就是很喜歡動物吧——這是我當初對小粉在水族館中殘忍的言詞，提出的獨家解釋。

水母還有一個，小粉認為是最大的啟示，那就是「不被看見的資格」。所謂的這般資格，乃是因為水母是半透明居多，需要看清楚水母的話，通常必須將水缸擺設於黑暗處，然後跟每個人類一樣，打光。需要恰到好處的光源，來凸顯自己比較好看的模樣。而水母死後，出於生理構造組成成分，通常會迅速地消失不見。

「妳不覺得這真的很棒嗎？牠們是可以真的不再存在的生物，牠們可以不在這裡。至少看起來不在這裡。」

現在想來，小粉每一次對我說話，似乎都是自言自語。他根本不需要我回應他，我就像是個他投擲思想的容器。我為了趕上他的夢幻美好，逼迫自己改造成各種適合他話語的容器，但他從來都不在乎這些努力，因為我就是個容器。就像你可能會在乎垃圾桶好不好看，於是挑選許久才選定一款，但垃圾桶始終是用來丟垃圾的。我就是那個垃圾桶。

這反而使我更加墜入愛河。小粉對於水母的喜愛，對世界的詮釋能力多麼浪漫，以及其對於自己身邊的幻想水母「粉紅怪物」的直言不諱，在我的眼中，都是一種我所缺乏的勇敢。

要坦承幻覺，在問號鎮是多麼嚴重的一件事情啊。光是「我能看到別人都看不見的東西」，這句話一出來，就可能會被撤銷鎮民資格，直接運到鄰近精神診所就醫。

但小粉卻對我說了他的粉紅怪物。那是讓人多麼心曠神怡的一件事情？心曠神怡到，可以讓我完全忽略，在他完美詮釋力之下，包藏的是他拒絕認知這個世界本貌的本性，以及其拒絕認知世界本貌，出於他那更深層，我至今也不敢說我能夠理解的恐懼。他那樣害怕他自己，害怕到創造出了粉紅怪物。

粉紅怪物就是他的糖衣，他的生存危機迴避機制，他用粉紅怪物來躲避自己最恐怖的那個東西。那個衣櫃裡的怪物。

這樣殘缺的少年，如何不讓你付出更多來保護他呢？但很可惜的，我理解世界的方式總是錯漏百出，小粉確實出於恐懼創造了粉紅怪物，但粉紅怪物不是終點，粉紅怪物的裡面，還有更恐怖的東西——不過現在，我想專注在小粉的美好表面。

說到小粉的美好表面，就不得不提小粉對許多路人那麼和善溫柔。

剛認識他不久，那時候我還沒有和他太熟，因此也沒有亦步亦趨如影隨形，但那天我在走向學校上課的途中，發現他站在校園門口，大口大口喝著一瓶礦泉水。我就這樣看著他一口氣喝完一大瓶水，喝完後，便將寶特瓶拿給路邊的回收阿姨。我才理解，原來他是為了要把空寶特瓶拿給回收阿姨，才急著一口氣用力將水喝完。

那在我心中印下了一點點什麼。

你有沒有想過，為什麼你會對一件事情有感覺？我這裡指的，可不是指觸覺味覺之類那麼快速產出反應的感覺。我說的是，為什麼你看到一個人在路上跌倒，你會擔心但也會想笑？為什麼你看到一個拄著拐杖的單腿路人，會同情或想要哭泣？為什麼你會對小狗被虐殺而憤怒但不在乎每天吃下的豬肉是怎麼來的？究竟我們對一件事情，為什麼會產生這樣的感覺？而這感覺，一定是正確的嗎？

很不幸的，回答我這個問題的人，是那個討人厭的傢伙。

維尼曾告訴過我（好啦，我們，畢竟小粉當時也在），要解決我那個疑問，最基本的方式，就是弄清楚指稱。因為指稱是誰非常重要。指稱代表的是「對象」。你被故事感動，認為它很真實，「它」這個對象，是故事中的情感，而非故事本身。故事本身的真偽，在「你被故事感動」這個情境中並不重要。

雖然有些離題，但這是可以用來回答我的問題的。也就是，在任何情境中，感覺之所以產生需要兩個對象，都是一方投射，一方發生。投射端是被虐殺的小狗，感覺發生在「我」身上，所以我產生的感覺，無論是怎樣的感覺——他人都無能置喙。

回到小粉身上。當時我看到他急著喝完水的行徑，所產生的那種近乎不可思議，像是整條冰川都要融化了那樣的感動。即使事後回憶起來愚蠢非常，即使我對小粉所產生的種種感覺，在後來都證明只是錯覺，那也無所謂。

有些東西是真的，在那個「小粉急切喝光水，將空寶特瓶遞給回收阿姨」這個情境中，我會感動。無論究竟最後的真相是什麼，我的感覺都是真的。

小粉的美好當然不僅止於這點，他還很愛買路邊阿姨販售的口香糖、麵包、早餐或者任何只要看起來像是阿姨需要錢的，如果遇到都會掏出錢來。我真的以為他是我遇過最有愛的少年。

有天我終於忍不住困惑，問道：「為什麼你每次都要跟他們買口香糖啊？你又不吃。」

小粉將口香糖扔到垃圾桶中，回頭看我。「因為他們需要幫助，我想要幫助他們。」

「但你不吃口香糖。」

「那不重要啊。重要的是，我想幫助他們。」

小粉笑了起來，那時候的太陽似乎是逆光的，他在我眼中看起來那麼耀眼。啊，也可能是我搞錯情境，自己幫他打光。但我確實因為他的笑容，而感覺被照亮了。我的陰暗晦澀，都被小粉驅散了。小粉的笑，對我而言就是那樣的東西。

你知道，以前古書通常都會寫說什麼，某某某（偉人）小時候出生散發異香或者自帶彩光，長大一點之後有天看到魚在天上飛，便領悟到，就算你只是一隻魚，只要你努力，你也能飛，他就變成殺了很多人的大總統。或者什麼，某某某（神明）生出來的時候身上都散發著香氣天氣晴朗，左鄰右舍聽聞，全部都認為其乃降世神通必成大業，於是他（或她）死後就變成神仙了。

小粉身上，也總是散發著淡淡的體味，那是一種介於男人和男孩之間的氣味（我知道這說了等於沒說）。我確實無法用文字向你表達小粉究竟聞起來是怎麼樣，我只能勉強湊出個答案，告訴你，那是個令人心曠神怡並且安心的氣味。

而他的笑容——把我的黑暗全都驅散了的那個笑容啊。

既然古書都說身懷異香自備蘋果光的人必成大器，那麼，我合理地幾乎以為，小粉就會是個王子。「大器」有兩個層面，一個層面是生理的，我希望他很大。另一個層面是心理的——我希望他能當那個小王子，披荊斬棘，拯救我於我自己心中焦土之中。

因為目睹小粉那麼多的善行之後，我以為他是那種看到人跌進井裡，會急著跳進去救他的那種人。

有種狀況是，當一個人缺乏什麼的時候，就會在另外一些地方尋找補償。我認為小粉就是在進行這樣的補償。他給予的那些「愛」，或許根本是愛的相反，只是他的逃避。藉由那些「善行」，他得以獲得某種神祕的救贖感——但就像剛剛提過的，他有權利感覺，並忠於自己的感覺。

就算那是假的也一樣。對。就算那是假的也一樣。

就因為小粉感受到的那種救贖根本只是假的，維尼曾說過的話才更加重要——真假不重要，有效與否才是重點。而很顯然在很長一段時間中，小粉靠著這樣的虛情假意，得到了能夠使自己生存下去的儲糧。

所以，就算那感覺是假的又怎樣？

馬的，我幾乎就可以想像維尼在那邊露出大大的、難看的露齒笑容，對我這樣說教了。

天啊，笑容——我差點忘了，小粉的笑容。他一個笑，就可以把我染成粉紅。

這又得提到維尼了。維尼的話真的很多，許多對話我都不太記得究竟是發生在怎樣的情境，因為他根本從來不閉上嘴巴——先假設我們是在學校的某個角落好了，假設是在那個，學校角落牆上的兩個人形線條塗鴉附近。

啊，我不想一直站著，所以我猜測，那是個有涼亭的學校角落。

維尼和小粉又在爭執或討論一些什麼——說實在的，我常常不太懂他們究竟是在吵架或者情投意合。他們非常同調，幾乎可以一人一句講完整串對話，彷彿他們心有靈犀，同時他們又常常爭論一些奇怪的事情。

維尼說道：「我不覺得你應該因為一個人擅長什麼而喜歡他，那樣太殘忍了吧？你喜歡他，你就應該是喜歡他。」

「你不可能只因為他是這樣的一個人，就喜歡他啊。喜歡，是建立在很多事情上的。」小粉搖了搖頭，吃著我替他準備的小蛋糕：「就像這個蛋糕，你不可能只是因為它叫做蛋糕就喜歡它啊，一定是因為某種口味、外型之類的。」

「或你很久以前第一次吃的小蛋糕就是這個口味。」

「對！」小粉笑了起來，「或者你第一次想吃但沒吃到的口味。」

小粉和維尼的對話也總是跳來跳去，有時候才剛說了幾句，我一回神過來，他們就討論到別的話題去了。

小粉搖了搖頭，「拜託，文字才沒有歧視，文字是工具耶。你要怪罪你的腳殺了人嗎？」

維尼雙手扠腰，站了起身，伸出自己的腳，還用腳輕輕踩了小粉的肩膀。「如果是機器腳呢？義肢？如果是義肢殺人呢？」

小粉皺起眉頭問道：「你的論點是？」

維尼坐回椅子上，「假設一個人左腳裝了義肢，而有一天他用左腳踹死了一個人，那麼，他可不可以說，這是他的義肢殺的呢？」

「那你就得確認義肢是否會有自己的意圖，或者被駭客入侵。」

維尼點了點頭，「所以你認為意圖比較重要？」

小粉表情看上去是不可置信，他音調還提高了些，「當然是意圖比較重要，否則什麼重要？」

「好喔。」維尼說道：「所以，文字沒有歧視，是因為它沒有意圖歧視，是吧？」

「我以為我們沒有要講那個了。」小粉笑了起來，點了點頭，「勉強可以這樣說吧。」

「就算文字沒有意圖歧視，它仍然是個傳遞歧視的工具。如果一個人叫阿分，你不會特別猜想他是女性，但阿芬就會。張美麗絕對不會讓你聯想到男性，每一個文字有自己的性別。顏色也是這樣的。就像男嬰總是被認為應該要穿藍色之類的衣服。」維尼說完，對小粉眨了眨左眼，並且伸出手指搖了搖，「所以，我到底在說什麼？」

小粉聳了肩，維尼繼續說道：「雖然顏色並不會歧視，文字也不會，但它感覺起來卻像是歧視。因為正在歧視的，是使用它們的人類。因為人類，有歧視的意圖。」

維尼忽然跳到桌上，走近小粉，在他面前蹲下，用手指戳了戳小粉的臉頰，惹得小粉笑了起來。

維尼一臉嚴肅地說道：「哈，你沒想到我會這樣說吧。對，你就是個歧視狂，接受這個事實吧！」

接著他倆就笑成一片，毫不在乎我就坐在旁邊，說實在的我真的不太記得我究竟當時都在做些什麼，或許就是坐在旁邊看著小粉，想要用記憶把他鎖住，讓他老死在我回憶之中？我真的不是很記得我到底做了什麼。

小粉和維尼的對話對我來說還有個始終難解的困擾，就是他們從未結束，甚至沒有真正討論到任何東西。他們的對話是沒有結論的，彷彿問題不需要解答一樣——所以究竟義肢有沒有被判刑？究竟是誰在歧視？究竟應該怎樣喜歡一個人？那些對他們而言，好像都不是很重要。

更深層的困惑其實是，我並不理解，兩個明顯立場不同的人，怎麼有辦法如此相契？他們可以一下子講得彷彿要吵了起來，接著相視大笑彷彿什麼都沒發生一樣。

但我有答案，不是義肢，也不是歧視，當時的我並不在乎這些問題，我在乎的是愛情。我知道為什麼我那樣喜歡小粉，那樣著迷——小粉那麼好看。

請原諒我無法繁衍出更多詞彙來形容小粉，以至於我似乎總在陳腔濫調。但，你有想過，為什麼你會喜歡一個人嗎？一個素昧平生的人。不通常就是因為他很好看嗎？

曾經我有過一個想法，我認為人類都是殘缺的，因此一個人需要另一個人是必然的。當小粉那極高好看的臉蛋映入我的世界，對我而言，那就是我亟需的藥，我的「喜歡」，就是我的救命仙草，他就是我的強效維他命。他填補了我所缺乏的。他填補了我的不好看。

如果他也喜歡我，我就會跟著，變好看了。

當然後來我知道那是不可能的，人類所缺乏的，是無法靠另一個人補回來的，這不是像什麼妖怪修煉成仙之旅那樣，吃了誰的內丹就可以增加五百年道行轉職成仙。我無法靠著擁有小粉就跟著變得好看。

而且，我後來想到了，一直站在小粉旁邊，我看起來只會更醜吧？

雖然在這裡，我說的「好看」，已經超越了顏值的討論，而是一種「與眾不同」，一種「不在這裡」——我現在才知道，原來我是那麼殘忍的人，我喜歡小粉，是因為他根本不屬於我們，卻被迫困在我們身邊。

這就像是人類喜歡仙女或仙男一樣，那些故事總是在小時候讓我讀到哭出來，父母總是困擾著自己的女兒怎麼會連聽這種床邊故事都哇哇大哭，彷彿那是恐怖故事一樣。

小時候的我說不出來原因，等到我擁有足夠的語言能力，能夠理解一些事情的現在，我才能夠準確喊出來——對啊！那就是恐怖故事。你喜歡他，是因為他根本不該在這裡。你怎麼可以這麼殘忍！

對啊。我為什麼會對小粉，這麼殘忍？

對我而言，小粉的美好，從來都在，我知道我是在這裡的，而他不同，他是被困在這裡。

就像喜歡生物園區館中的鯨魚、水母、海豚、海獅、海象、大象，或者池塘中玻璃水牆中的括號蝦一樣，我喜歡牠們，從一開始就是因為我不需要費力，就能欣賞這些不應該在這裡的牠。

看著小粉和維尼在一旁親暱傻笑，笑得那麼無我，聊著那些他們自己講完，就忘了的，看似很重要的話題。我彷彿就真的，不在那裡。我只是布景，一棵樹，一隻瓢蟲，一個什麼奇怪的垃圾袋之類的。

「嘿，永永，妳覺得呢？」

維尼的聲音從很遠的地方傳來，我回溯記憶——那是他們兩人都靠著牆壁，看著坐在涼亭上的我。

「什麼？」

「我們在聊，如果政府今天決定了擁抱是項罪，會不會之後就出現什麼，抱抱狂、抱抱通緝犯、抱抱精神研究研討會、抱抱藥？」

維尼大聲對我喊道，而小粉就靠著牆壁，頭稍微抬起，微閉雙眼。陽光從遠處穿透樹林照來這校園角落，讓整幅畫面太靜態了，就像是我的幻覺。我其實不太確定為什麼回憶起來，維尼好像常常總是在對我喊叫，小粉常常總是閉上眼睛。

不知道你有沒有在房間叫過門外的人的經驗？你在房內，想要喝水，但你不想移動，你就喊了在門外的人替你裝水。或者你在抗議現場，當權者走了出來，你對著他丟水球雞蛋內褲胸罩，迫使他面對你——「呼喚」是為什麼？是不是因為他就是不在你的身邊？

我坐在涼亭的位置上，看著那牆上，小粉和維尼剛剛才畫上兩片人形線條圖案，我看著上頭的那兩個以粉筆畫上的圖樣，兩個人形線條是相接的，以手接連，像極了牽著手。我看得更仔細了些，發現不是。他們相接處，是握著一隻線條形狀看來像是水母的東西。

但沒有我。我明明就在他們身邊，卻不在那道牆上。連水母，那根本不在那裡的東西都在，我卻不在——所以維尼的喊叫，小粉的閉眼，嗯，或許吧。雖然我的人，確實總是在他們身邊，更真實的情況是——我可能，真的，從來，都不在那裡。

非常恐怖，但並不是什麼鬼片情節。

我只是花了很久的時間，才終於發現。

006

我想和你介紹一下，我人生中，幾個其他的男孩：

我相信事已至此，你或許會認為我就是一個花痴。一看到小粉，就墜入愛河，眼盲腦洞，完全違背女性主義對女人的訓誡。但讓我先對「主義」進行一點點小小的反省。事實上，主義訓誡和教義訓誡，概念是很相似的，因此倘若你要認為人不該活在教義裡面，你同樣也不該要求他人活在主義裡面。況且我根本不在乎女性主義。對，我說了，我根本不在乎女性主義。嚴格說起來，是任何主義——活在一個主義裡面，就像活在一個邪教團體中，彷彿你們都可以為此更好。「成為更好的人」這種概念，我也說過了，就是一連串折磨自己的幻覺，而我盡全力，在我人生中避免這樣的幻覺。那種「不在這裡」的幻覺。

人，為什麼不能單純就善待另一個人就好？一定要活在什麼主義的保護下，才能證明自己是想在乎彼此的？或者說，難道想要善待彼此這回事，一定得在主義的羽翼之下，才夠有行動正當性嗎？

另外，「不在這裡」是小粉和維尼攜手創辦的一個神祕藝術活動，我之後會再告訴你。

回到我人生中的其他男孩們，我是為了向你證明，我從來都並非只有小粉這一個選項。事實上，在大一時期，我認識過三個有趣的男孩。

這三個男孩，正是讓我決定，我當初下定決心要向小粉告白的重要原因。

我曾試圖向小粉告白這件事情，我猜你忘了。我不怪你，我相信你人生中一定有更重要的事情需要記得，所以才會忘了我。讓我替你做個前情提要，那次的情境是這樣的——在大二開學前的假期，和小粉躺在括號湖前的草皮上看電影時，我下定決心要和小粉告白，然而轉學生大二維尼就不知道怎麼回事，忽然出現在我們的世界之中，介入了我和小粉的甜蜜宇宙。

在此之前，與我相遇的那三位男孩，我想是時候跟你聊聊了。

首先是「骨頭男孩」。

骨頭男孩，是在問號鎮的圖書館打工的男孩。說是男孩，是因為他戴著一個圓圓的細框眼鏡，頭髮微捲，總是穿著紅色條紋的上衣和吊帶褲，看起來相當年輕。事實上我並不知道他的歲數。

他比我高一些些，看起來很瘦。我到圖書館的時候，他總是在櫃檯，借書還書幾次之後，久而久之也就搭上話了。

問號鎮的圖書館是二十四小時營業的，員工也不少，是間相當大的圖書館。但我每次只要有問題，都會特地跑去找骨頭男孩，不論究竟他是不是人在十三樓而我正在三樓找書。

因為骨頭男孩有個特殊的能力，那就是解決問題。

骨頭男孩相當擅長尋找圖書，而且熟知圖書館規則，因此只要在圖書館中遇到任何難題，我都第一個想到他。

圖書館有許多規則，像是「不得影印超過授權範圍」、「影印不得使用於非研究用途」、「不要說話」、「不能飲食」、「不得將書拿取後亂放」、「不得在隔間做愛」以及其他零零總總數百頁的規定，我相信根本沒有任何申請圖書證的人有讀完——除了骨頭男孩。

骨頭男孩就是知道所有的規則。

有一次，我為了複印一本書，事實上我已經忘了究竟是哪一本書了。但總之，在當時，那本書對我而言是重要的，我甚至冒著被圖書館趕出去的風險打算去印了。但骨頭男孩不知道是怎麼發現我的意圖，他到了已經在影印機前，準備影印的我面前，拿走我手中的書。

「喂！」我不滿地喊道。

骨頭男孩不發一語，只用食指比了個噤聲的手勢，拉著我到了圖書館休息室去。

「我不建議妳在那裡影印這本書，這本書並未授權圖書館影印，所有影印機都會記錄使用者，資料是會上傳的。」

骨頭男孩講話的聲音很急促，他的神情看上去總有些過度亢奮。但是好的亢奮。不是那種不小心十天沒睡覺以至於精神錯亂的那種亢奮。

我看了骨頭男孩手中，我的那本書，說道：「我需要印這本。」

「我知道。」骨頭男孩點了點頭，將書還給我。「很多人不知道，但我看過圖書館的行政範圍。休息室並不屬於圖書館的租賃範圍。」

「啊？」我皺起眉頭，不知道他講這話的用意是什麼。

「我喜歡妳的裙子，很漂亮。」骨頭男孩指了指我的裙子，手指就停在我的裙子前不遠處，「我之前有一件恐龍圖案的吊帶褲，但帶子壞掉了，我想再買但商家都說斷貨了。早知道我該多買幾件的。」

「我裙子沒有圖案啊？」

「對啊。」

骨頭男孩點了點頭，彷彿我剛剛說出的話有多荒唐，但他才是那個指著我的白色裙子說自己有件恐龍圖案吊帶褲的人耶？

骨頭男孩忽然提高音量，睜大雙眼說道：「啊！對了，我剛剛要說的是——休息室，是幽靈地帶，圖書館的租賃範圍不包含休息室，所以發生在這裡的事情，圖書館沒有責任，因此他們連攝影機都沒有架設，影印機當然也不可能額外連結到圖書館主機。」

我看著骨頭男孩，忽然理解了他到底想跟我說什麼。

「所以你的意思是……」

「噓──」骨頭男孩對我眨了眨眼，露出一個小小邪惡、小小天真的笑容。「好好印吧。」

那天我心懷感激地影印完書，將書還給櫃檯時，順便問了骨頭男孩的電話，後來我們便在圖書館外見了幾次面，也因為這樣，我才會叫他骨頭男孩。

原因很簡單，因為他喜歡骨頭。在吃飯時，如果是帶骨的肉，他會在吃完後將骨頭拼回原本的模樣。他的家中有許多自製的骨頭標本。他蒐集大大小小的骨頭，整個房間，說實在的，第一眼望過去是滿恐怖的。

但他是個會讓人很開心的男孩。

「我喜歡妳的頭髮，妳的頭髮好順，我頭髮都沒有那麼順。」

有一次吃飯時，他忽然就這樣告訴我，並且盯著我好久。我每一次都以為他後續還有要說些什麼，但沒有，沒有後續。他就只是一個講話時常分心的男孩而已。

「我不喜歡逗點大學耶，我覺得你們學校……」骨頭男孩看著我，叉子上還叉著一塊雞肉，我等待著他告訴我些什麼，但他只是眨了眨眼，「妳有聽到嗎？」

「什麼？」我似乎每一次跟他見面，都只會不斷出現這兩個字。

「有個很奇怪的聲音，一直在震動，動來動去動來動去。」骨頭男孩閉起眼睛，認真地聽著，但我什麼都沒聽到，所以也不是很確定他是不是聽錯了。「對了，我剛剛要說的是，我覺得大學教育本身——啊我的手機是我的手機。」

就這樣，骨頭男孩又一次，話講到一半就站起來去一旁接手機了。

我是很喜歡他的，他是個很有趣的男孩，和他相處雖然總是困惑，但也不至於太過尷尬。那種尷尬，是屬於好的尷尬，是那種「雖然我很尷尬但因為你很可愛所以我沒那麼尷尬」的尷尬。

是屬於「如果你約我，雖然我知道可能又沒什麼辦法好好講話，但我還是會願意再跟你出來」的那種，好的尷尬。

之後我也仍舊和他保持聯絡，但骨頭男孩是我在圖書館中的好朋友，有時候離開圖書館，那種好，就會貶值了些——我不太確定那樣是不是好事，但我便盡量只在圖書館時，才會稍微和他聊上一會兒。

有一天他忽然告訴我說，他要離開問號鎮了，我還哭了。我其實不記得他告訴我他要去哪以及為什麼離開，因為當時的我，眼中只有問號鎮，我不敢相信有人會從這裡離開。

後來，我就很少再去圖書館了。

我相信這也確實證明了，他在我記憶中是有留下什麼的。否則，我不需要靠逃避我們共有的記憶環境來稍微減緩那種空洞。如果你會想減低記憶的存在感，那代表那個人，出現在你的生活之中，確實霸占了什麼位置——那種空洞是一直到我拉著小粉和我一起去了無數次的圖書館，才稍微被填補了些的。

但我有時候，還是會一個人去那間休息室，印些沒有意義的書。就只是去那個地方，試圖留下什麼。

我那第二個男孩，則是「恐懼男孩」。

恐懼男孩，住在問號鎮很靠近邊境的一座湖泊的中央（問號鎮有許多湖泊，不只有括號蝦的產地括號湖）。那座湖的水色很黑，幾乎你會懷疑，是不是它吸收了夜色，或者有人日日夜夜朝湖中倒黑色墨水。

湖泊被居民們稱為垃圾湖，因為許多人都習慣朝這個湖扔擲垃圾。理由很簡單，湖泊中的生物都很恐怖，沒幾個人在乎牠們的生存權。牠們不像貓狗那麼可愛。

湖泊中，棲息著一些恐怖的生物，像是巨大的鱷魚、劇毒水蛇、人魚和會說話的青蛙。我發誓，有幾次，我甚至在湖水中看到了似乎是幽靈的生物。

「我不害怕那些生物，牠們一點兒都不可怕，牠們有跡可循。像是巨鱷，其實是草食性的，專門食湖底的水草，而劇毒水蛇的毒性只對同類有效，牠們是以同類為食的生物。會說話的青蛙其實不會說話，那只是牠們的叫聲，就像人類在講話而已。至於人魚，只不過是有隻魚剛好吞掉某個人的下半身，那種魚嘴巴很大，一張開就能吞掉一個人類，還沒吞完，就被記者看到，因此被傳說是人魚而已。」

「等、等等——你說這裡有種魚會吃人？」

當時的我正坐在一艘小小的木船上，聽到這消息的時候，一隻魚躍出水面，從我們頭頂飛過，並再次潛入湖中。

恐懼男孩一派自若地回道：「對啊。」

我雙手交疊胸前，瞪大眼睛看著他，「你沒有想過應該提醒我，這裡有種魚會吃人嗎？」

恐懼男孩笑了起來，「大嘴魚只吃屍體，如果妳還活著，牠們是不會吃妳的，妳可以放心啦。」

「聽起來一點也不讓人放心。」

「妳看，這很有趣耶——就算我們已經清楚知道哪些生物有哪些習性，而他們並不會傷害我們，但我們一樣會害怕。出於一種，我也不知道，生物的習性嗎？我們就是很輕易會去害怕和我們不同的東西。」恐懼男孩划著船，終於抵達了他的小木屋，「我很害怕人類。」

恐懼男孩的工作很奇特，叫做「湖泊管理員」，顧名思義，就是管理湖泊的人（因此他住在湖泊中央）。每一天，他都必須潛下水中，檢視湖泊的生態。

他告訴了我他之所以害怕人類的原因——每一天在湖泊中，他都會撿拾無數的垃圾上岸。那些垃圾彷彿總是憑空出現，今天撿了好幾袋，明天又是好幾袋，永世不竭。

我就坐在他的小木屋甲板邊沿，看他不斷潛入湖中，撈起一堆垃圾——那些日子，都是小粉因為某些奇怪的原因而不在我身邊，我得找些事情來做。雖然我也不知道為什麼我會決定看人撿垃圾。

恐懼男孩會幫垃圾們分類，但不是以資源回收的概念，而是以回憶類型做為分類。他會將日常生活用品放在一起，電器產品放在一起（湖底有許多廢棄電器產品，甚至有次他還扛出了一台很大的電視），衣服、泡爛的電影票跟日記本還有戒指。對，戒指，我完全不能理解為什麼有這麼多不應該被扔掉的東西躺在湖底。

恐懼男孩倒也沒有和我一樣的困惑，他只是笑著。他好常笑，他連不是笑的時候感覺起來都是在笑。

「我覺得湖泊有幫助人們消化回憶的功能，但那並不是湖泊的原意。」

恐懼男孩爬到甲板上，甩了甩他的頭髮，湖水還灑到我的身上，但我也不是太介意。我思考著他的話語，還沒有想到要怎樣回應。

「他們一起到了一個地方，那個地方就沾染了回憶，鬼影幢幢，從此不移。當其中一個人離開了，不論是哪種形式，留在原地的那個人，一樣能看見對方的身影——

這不是什麼幽靈之類的靈異現象，而是回憶。在回憶裡面的人，直到妳忘記為止，都會在那裡。」恐懼男孩撥了撥頭髮，笑著。他的笑容和小粉不同，小粉的笑容無可名狀，但恐懼男孩的笑容卻給了我很明確的畫面感——被綁在火車軌道上的人，看著火車朝自己疾駛過來，那樣的畫面。

「扔擲垃圾，垃圾本身不重要，他們只不過想把回憶扔掉而已。彷彿這座湖泊會自動幫他們消化回憶一樣，扔得愈多，忘得更多，有一天你就會開心了。」

恐懼男孩看著我，他看起來那麼脆弱，但他還是笑著，是很開朗，的那種笑容。

「但不是這樣的。回憶，是扔不掉，也不該扔掉的。髒掉了就是髒掉了。」恐懼男孩看向湖泊，一隻巨鱷浮出水面，雙眼黃黃的，在黑湖中格外顯眼。「但髒掉也沒有關係，那就是回憶啊。回憶本來就不會是乾淨的。」

我得承認，在當時，我根本就沒有多認真理會恐懼男孩的話語，因為那不重要。難道你真的相信，一名少女風塵僕僕跟另一個男孩渡河聊天，只是因為她想聊天嗎？當然是因為，我對他有著基礎的興趣，否則誰想看另一個人撿垃圾啊。

我沒有和他約會過太多次，因為儘管我並不知道是為何故，但他確實讓我恐懼。

和他相遇，我心底，總有個什麼東西，掙扎著要我離開，如果要播放背景音樂，我相信會是警鈴大響轟隆轟隆紅色戒備。

但是在後來，睡衣樹慶典事件發生之後，我回過頭來審視我的人生（如我此刻進行之舉），恐懼男孩說的話，就像是個種子，埋在我記憶中，忽然就萌芽且迅速開花了。我後來就知道了。

你有沒有醃過肉？把蘋果、洋蔥、蒜頭切切倒入醬油味淋水和一堆有的沒的香料打成泥，再把肉放進碗裡。那你有沒有試過，把醃過的肉變回原樣？記憶就是醃肉，即使你把它扔到深層洗潔劑中洗它千次，它也還是塊醃過的肉。

你是無法還原被醃過的肉的。你沖淡了味道，但肉就是被醃過了，你的記憶，只要沾到汙漬，就註定是髒掉了的。

恐懼男孩出現在我生命太早，他那時候能給我的，我還不能拿。但如果不是因為他那麼早就出現了，我對記憶或許就會有一整套不同的看法。我會不會比較快樂？我完全無法猜測。但他確實也在一個恰當的時機點出現，只不過那個時間點並非是能夠成為我伴侶的時間點，而是一個，種下恰當的思想種子（並且在我需要的時候萌芽）

的時間點。

一個人出現的時間點，就是那麼重要。

第三個男孩，是「快樂男孩」。

快樂男孩，是在便利商店打工的一個男孩，他總是開朗地笑著，而那笑容看起來就像是覺得一切都會沒事的那般耀眼。

認識他之後，我和他出遊過幾次，多半都是去山區撿垃圾，或者去協助學校輔導學生之類的。當時我總是覺得他的笑容太燦爛了，彷彿他沒見過黑暗，多少有些無知，才能夠總是活力十足。現在想起來他確實無知，但卻是那麼幸福。

而且他長得非常好看，他的外型甚至可能比小粉還更要符合我的理想。

「你都不會累嗎？」

我坐在山區角落的大石塊上，看著大汗淋漓，上衣都溼透了的快樂男孩，他一邊跳舞，一邊用桿子插起垃圾。他是那種很怡然自得，很「在這裡」的男孩。

「妳看起來好難過喔，不要難過嘛。來——來！」

快樂男孩笑著跑到我身旁，將我拉下石頭，我的腳因為維持同個姿勢太久，一時麻了，站不穩，眼看我就要直接正面朝下與土地親密接觸，但他拉住了我。

他焦急地說道：「對不起，我忘了妳可能腳麻，沒扶著妳就拉妳下來。」

「沒、沒關係。」

「妳是不是被嚇到了，抱歉耶。」

我向他露出一個笑容做為安撫，儘管我確實是被嚇到了——不是因為差點跌倒，而是因為他接住了我。

那一瞬間的感覺，和我第一次見到小粉時，那麼相似，但又更多。那種我被保護了的深深感動。要不是因為天氣太熱，我汗流不止，把體內可以濫用的水分都擠出來了，我搞不好就大哭了（我確實感覺到眼眶微熱）。

「來跳舞嘛。」

快樂男孩隨後便拉著我，站到一旁的空地，他先是搖了搖頭，接著用力晃動著他微捲的頭髮，他看起來可愛到不行，就像是很會活動的、很快樂的小粉（我這麼說是因為，小粉幾乎是文風不動的，至少在我面前他不太移動）。

他邊跳著那奇怪的舞，雙手拉著我的手，讓我也得跟著晃動。很可惜的是，我最後仍然沒有跟著他完整地跳起來，晃了幾下之後便放棄了。我實在無法在眾目睽睽下做出那麼誇張的舉動（儘管我並非一個生性太過害羞的人，但在大庭廣眾之下跳舞是另一回事）。

但快樂男孩跳得相當怡然自得，你應該知道一種音樂盒，打開的時候音樂湧出，並且有小人偶之類的東西在其中旋轉跳舞。我和小粉討論過一次這樣的物品，小粉露出他那總是感覺有些虛弱的笑容，告訴我，他認為那是一件很悲哀的事情。

小粉厲害之處就在於他超前我太多，他總是能找到這世界上那麼多小東西裡更深的意義。他總是能找到更多。他告訴我，悲哀的原因在於，一個不想在這裡的東西，被困在這裡，跳舞給所有的人看，為了取悅那些暴君。

我確實就信了他的說法——請不要太過責難我如此輕信小粉，但你要想想，一個你的夢中情人，對你說了一連串好像很有智慧的話（儘管你其實根本聽不懂），你多少都會有一種他背後有光散開，彷彿他可以漂浮並且劈開海岸渡你一生之類的幻想。

看著快樂男孩在原地跳舞，怡然自得的時候，小粉傳染給我的那種悲傷，不可扼抑地湧出來，好像是什麼惡靈附體一樣——但快樂男孩真的，相當快樂。我知道我這樣好像在說廢話，畢竟我都喊他是快樂男孩了，但重點還是，他真的相當快樂。

有些人，你看著他，你就是可以很精準地察覺，他的行為舉止不是為了取悅你而做的。快樂男孩就是這樣的人。他跳舞給我看，但他不是為了我，或者任何人而跳，他是為了他自己。

相對於我這樣，需要從他人身上吸取養分才能活下來，猶如水蛭般的人類，快樂男孩身為一個人，非常完整。

我以為我會因此愛上他，轉而從小粉的網羅中離開。我確實也已經感覺到了有什麼在我體內長出來，有點雀躍，像是什麼小麋鹿在我血管中奔騰一樣。

他是那種我很願意，二十四小時觀看的人——當然這在我的腦袋裡，是很唯美的，儘管我知道你現在看到文字，可能會想報警抓我。

但是，很可惜的是，相遇的方式很重要。

為什麼我會使用轉折詞？我相信你可能以為我打錯了，不是的。怎麼相遇，為什麼相遇，在哪個時機點相遇，而你們相遇的時候，彼此是什麼樣貌，這些都構成了相遇的方式，而這個「方式」，決定了你們會不會留在彼此身邊。

在那個我以為我幾乎要愛上快樂男孩的夜晚，我躺在床上，滿腦子想著的，都是他一個人跳舞時，那麼天不怕地不怕，又極度純良的笑容，還有他身上淡淡的汗味（很香）。小粉跑到了我的宿舍外，敲了我的門——他從來都沒有敲過我宿舍的門。在當時，他根本還沒有來過。

那個晚上，下了一場俗爛的大雨，但我因為沉溺在快樂男孩的陪伴喜悅下，沒有意識到窗外轟隆轟隆。門外傳來敲擊的聲響，我還幻想是快樂男孩來找我了（我確實告訴他我住在哪了）而興高采烈打開了門，看見的是小粉，全身溼透的小粉。

小粉全身溼透，原本整齊的頭髮都垂了下來，難得地遮住了他的額頭。他穿著白色襯衫和卡其色短褲，因為雨水，我幾乎可以清楚看見他的肉體，那可被透視的襯衫緊緊貼著他的身體，他的身體那麼好看。那原本應該替快樂男孩奔跑的血管中的小麋鹿們，此刻都替小粉狂奔了起來。

我相信那就是緣分吧，對，就是緣分。否則為什麼，在這個時刻，在這樣的天氣，在我這樣的心情狀態下，小粉會這樣出現在我的面前？相遇的方式是那麼至關緊要，如果不是為了相愛，那是為了什麼？

小粉露出了笑容，他不知道為什麼，聲音有點沙啞。

「不好意思，我忘記帶鑰匙，又下大雨，我能在妳這裡過夜嗎？我可以穿妳最大號的便服之類的。」

先別提小粉這話基本上就是在說我胖了，但我根本完全不在意。我認真，完全不在意，一點兒也不在意。完全忘記快樂男孩，把快樂男孩拋到不知道多遠的地方。我什麼都不在乎了。我全身只覺得好燙。

現在你知道為什麼我將他的假名取為小粉了。他一個笑，就足夠把我染成粉紅。每個人，都有適合自己的環境，他與你在什麼地方相遇的那個環境。而通常有些人，會永遠留在那裡。

小粉因為那個溼透了的身影和那個笑容，就驅逐了其他男孩，讓我真的發現，原來我是可以那樣愛一個人的。小粉在我心土插了旗，從此就永保一席之地。

相遇的方式是如此重要，這決定了你為什麼是愛蘋果，而不是鳳梨。

而這事件，「一個人，出現在你面前」的整個事件，是單向的。只保證了你對一個人，多出來的那麼多的愛，是如何穩固下來。

並不保證，你會被愛。

007

小粉曾經，對我那麼好。我想你該知道這些：

我第一次和小粉正式的「約會」，是去電影院，看了一場電影。

我還記得那天，小粉的穿著——藍色格子襯衫紮進卡其褲中，他還特地將自己的頭髮以髮蠟全往後抓，露出了自己的額頭——他靠著電影院的牆，滑著手機，看到我出現的時候，對我露出了一個笑容。

他看到我的時候，樣子是滿開心的，我好像沒有看過他這樣開心。

「我其實很少和別人一起看電影，我覺得有些麻煩。」小粉沒有收起自己的手機，一邊走路的時候仍然滑著它。「對了，這部電影評價很好呢。」

小粉滑手機，以及他竟然相信影評這二事，雖然有些困擾我，但小粉的話語，透露出我的特別，彰顯了我的存在感，而這讓我感到非常快樂——我可是那個，小粉少數，願意一起看電影的人呢。

我們很快就看完了那部電影（很快，是我的感覺，因為和喜歡的人約會，時間總是感覺過得很快，一下子就過完了），走出電影院時，我因為那部電影的某個情節，感到非常困擾。

我連忙問道：「你不覺得，主角沒有聽鬼話這件事情，很奇怪嗎？」

我知道，這樣的對話，你或許會以為什麼鬼話，難道主角不聽胡說八道是錯的嗎？但我說的鬼話，指的是，鬼說的話。

總之，那部電影是在講一個鬼怪，告誡主角不能在什麼時刻做什麼事情，否則他的女兒就會變成南瓜怪物，結果主角就在最後緊要關頭做了那件事情，然後女兒就變成了南瓜怪物。

故事如果結束在這裡，我也就認了，畢竟這種違背禁忌的故事有那麼多——但隔一天，女兒被另一個鬼，變回了人，主角又一次被告誡說，你千萬不能做某件事情，否則你女兒就會變成西瓜怪物。我相信聰明如你，應該已經知道這部電影接下來要說什麼了。

又再來一次，又再來一次，這個男主角總共大哭崩潰了四次，最後他親手剖開女兒變成的大黃瓜。當他拿著刀切開大黃瓜時，大黃瓜流出了血來，而電影就結束在湧出鮮血的大黃瓜上。

我們坐在電影院附近的一間速食店中，我看著小粉拿起薯條，沾滿胡椒鹽，吃了起來。小粉連吃東西都那麼好看。

「哪裡奇怪？」

「為什麼他不能就聽話呢？規則就在那裡，為什麼他要違背？」

小粉沒有馬上回答，他先是用另一隻沒有拿食物的手，滑了一下手機，我不知道該做些什麼，只好坐著等他回應（我其實不太確定他會不會回應，我甚至有點懷疑他沒有聽到我說的話）。

過了不知道多久（我其實有點尷尬，但因為看著小粉，我就心滿意足，所以沒有馬上逃走），小粉才抬起頭來，看著我，皺起眉頭，露出一個，我解讀為「無所謂」的笑容。

他聳了肩膀，「這才是好看的原因啊，劇本表現出了人性。因為人總是會屈服於那種天性。」

我停頓了幾秒，試著解析他說出的話，因為那和我預期的答案有點違背。我以為小粉是那個會回答「是啊，他不該做這些事情。」的人。畢竟小粉可是一個連在捷運站打開門，如果要下站的人還沒離開，他絕對不會進去，而且他會私下偷偷罵那些不守規矩的人。

小粉在我理解他的過程中，讓我不斷撞牆的其中一點是，他是個如此矛盾的人。他分明守了規矩，卻又擅長違背規矩；他分明是關心某些議題的，但他又沒有做出任何實際舉動。

我搖了搖頭，仔細地看著小粉，問道：「即便那樣會傷害自己愛的人？」

「那畢竟就是人性。而且規則，既然有規則，那就代表可以有例外吧？人總是會認為自己可以成為那個例外的吧？」小粉笑了。

我提高了音量。我並不知道為什麼我要提高音量，但我就是提高了。

「但那不對啊？」

「啊？」小粉的視線從手機中移開，皺起眉頭。

「我很生氣耶，我不知道為什麼我會生氣，但我就是很生氣。」我沒說出口的是，我其實還更害怕，雖然我不知道我究竟是害怕什麼。

「不用這麼認真啦，生氣不好呢。只是電影，不用那麼當真吧？電影就不是需要當真的呀。」小粉一邊笑著，一邊又開始滑起了手機，彷彿我的憤怒只是毫無來由的——我說不出我的憤怒和恐懼從何而來，因此我那時候無法繼續追著小粉進行探討，但後來我知道了。

我和小粉的對話，或許早凸顯出了我和他的根本差異——首先，關於人性就是趨向違反規則這一回事，小粉對這樣概念的吸收，幾乎是渾然天成的。我可以很明確知道，小粉是認為（希望）自己可以成為例外的，那在心臟很深很深的地方的黑點，在我很愛很愛他的時候，當然不可能發現。

他是那種可以為了自己愉快，為了更全面地保護自己，而直接砍殺對方，摧毀盟約的人。

我在想我之所以會氣怒這部電影，是因為它嚴重地反覆地違背了我對人類很根本的期待，也就是：我善待一個人，他便會待我夠好。此處所說的已不僅僅是情侶關係的愛了，而是更廣泛的——任何的愛。

我一直以為，只要付出，就會有回報；只要我付出夠多，我就能夠幸福——我不會推託說這概念是我父母親友灌輸我的，儘管我知道他們一定對我這樣的思維構成有決定性的影響，但去回溯我的思維構成是沒有意義的，因為那已經完全無法考究了，那長期盤踞在我的思維上，沒有留下任何指紋的揉搓，我沒有辦法找出罪魁禍首。

小粉對電影的反應之所以讓我莫名地害怕和恐懼，或許就是因為，他暗示了小粉並不是個好人——但誰希望自己喜歡的不是好人？

雖然小粉確實也告訴過我，他不是什麼好人。

很好笑的是，那句話發生的時間點，也是我第一次深刻精準地感覺到，小粉對我的好——那天小粉因為我做了一件愚蠢的事情，而陪我熬夜到天亮。

我替家人包裝紅茶，準備寄送給客人，我正感動於我就將要把工作做完的時候，忽然發現我將所有的標籤位置都貼反了——那樣子寄出去的貨品，很可能會被立刻退回來，而我家人就必須賠償一大筆錢了。

幾百罐的紅茶包裝，我全部都要重新撕下，再貼回去。我真的是緊張到快哭出來了。

我和小粉那時候仍然在互傳簡訊，在我告訴他這樣的狀況時，原本預期他會安慰我幾句之後就說他要睡了，但他出奇地回應了我別的句子──他說，沒關係，那我陪你。

他開了語音，和我說起話來。那是我頭一次，和他以語音聊了這麼久。畢竟他在我們剛認識不久，就告訴我說他不喜歡講電話，我打給他的時候，他通常也都沒有說什麼，有時候還就在電話另一頭沉默到他的風扇都比他本人還有存在感。

事實上，我忘記了，我們是怎麼聊到那句話的，但我記得大致上的前後文，應該是在小粉說起自己想把一個女同學推到括號湖中開始的。由於只是電話我無法看見小粉的表情，只能透過他的語調來理解，他是歡悅的，他講話比起平常更急促些，像是在努力想排解掉什麼一樣。而我在電話這一頭努力地快速重新包裝應該早就要弄好的紅茶包裝。

「我真的希望她被括號蝦吃掉耶。」小粉這樣說道。

我貼上貼紙，「哈哈哈，你真的很壞。」

「但真的啊，她就很討人厭，在圖書館讀書還一直講話，我真的是搞不懂耶。」

「她可能有急事嘛。」

「哪有急事可以講五分鐘的，是念咒語嗎？」小粉哼了聲，「我都已經想好了，我要偷偷用她男友的手機傳簡訊給她，約她在括號湖邊見面，說那裡很隱密，無人打擾。然後那女的就會來，我就趁機把她推進湖裡。」

「你竟然還策劃好了。」

「我還有完美的不在場證明，我會讓朋友替我偷刷學生證進學校。我和她，因為沒有實際關聯，也沒有明顯動機，不會有人懷疑一個有不在場證明的學生的。」

「你好恐怖喔。」

我笑了起來，差點不小心把水杯弄倒，驚叫了聲，但小粉沒有關心，他只是繼續說著他的日子。由於這情況實在少見，小粉平常並不是個話多的人，我也很希望能多聽聽他的生活，便沒有提出為什麼你不安慰我之類的這種撒嬌話。

「啊，還有，今天搭公車，有個人整個背靠著欄杆。我真的超討厭那種人，他是不知道其他人也要握嗎？他是想要其他人都在緊急煞車的時候飛向前撞到玻璃嗎？我真的超想把他推下月台的。」小粉還發出了怒吼聲，「對了，今天我看到一個人在路上跌倒，我真的覺得超好笑。」

「跌倒哪裡好笑了，很痛耶！」

「他捧著一個大蛋糕，跌倒的時候整個頭埋進蛋糕裡面，哈、哈、哈哈哈光想到畫面就覺得好笑了。」

我搖了搖頭，終於快要把紅茶包裝重新貼好了，「我現在才發現你這麼恐怖。」

「……我本來就不是好人啊。」

小粉笑了出聲，他講這話時聽起來那麼真誠，但我仍舊將其當成玩笑話。

在我後來憤怒於小粉從未對我真正坦承的時候，偶然間我想起了這天，小粉在電話中先是沉默了幾秒鐘，而後才回應的這句話。

我至今仍然沒有問過小粉當時究竟是怎麼回事，他怎麼會忽然起心動念要陪我熬夜，因為我知道答案只會讓我更覺難堪。他大概就是因為維尼的緣故所以心情不好想找我講話（因為維尼那天生病請假沒去上學），但我不打算向他確認這個事實。我想保留這段記憶並且去除掉維尼在這裡扮演的角色。這段記憶，對我來說很重要。那是第一次，小粉明確地向我透露了他的真實。

而我，將之視為玩笑，完全，漏接了。

我漏接更大暗示的，還有一次游泳事件。

問號鎮的夏季很短但非常非常熱，整個年度只有約莫一個月，每一家居民都有政府種植的電池樹。電池樹的果實一年只開一次，就在夏季結束之際，果實吸滿問號鎮過分炎熱的太陽能量，除了可以提供整個冬季的電量外，尚可整顆搭配全雞熬湯。根據記載，這是種吃了後可以驅散寂寞的美食。

所以整個夏季，學校的體育相關課程幾乎都是以游泳課為主，學校也開放給學生在放學後免費借用泳池。

游泳，在逗點大學，是全民運動，但在認識小粉的一年中，我從來沒有看過他下水游泳。

體育老師的規則是，如果不下水，就在泳池邊做拱橋。你知道拱橋是什麼嗎？就是你先跪趴在地上，而後雙腳不斷向後退，直到你的身體在地板上看起來像是一座橋。

小粉的身體非常好看，他瘦，但精實，這從他穿襯衫紮進褲子裡，就可以窺見。他甚至是那種坐下來腰不會有太多餘的肉突出來的少年。

有一次我這樣問道：「你到底為什麼都不下水啊？」

小粉正躺在床上看著書，那是一本顏色史。他視線從書中移開，看向我：「一定要有原因嗎？」

一定要有原因嗎。這個回應，當時完全收服了我——要知道，我可是一個追根究柢的女孩。但在當時，他那句話，讓我腦海浮現的畫面，是一個不知道從哪裡來的，拿著劍戴著純金打造王冠的小王子，奮力在戰亂中拯救嬰兒的模樣。

到底為什麼你要拯救我們——我這樣問，而他回頭，並對我燦爛一笑：「一定要有原因嗎？」

這情況一直維持了一年，直到維尼轉學進來後，出現了很大的轉變——那甚至至不是體育課，那是在一個我已經不記得的下午，維尼找了小粉和我去泳池。

「要不要去游泳啊，我同學他們借了泳池。」

「啊？」我皺起眉頭，搖了搖頭，「那很怪吧？小粉也不喜歡游泳。」

「嘿，你們在講什麼？」小粉從後頭靠了過來，頭靠著我的肩膀，我都能聞到他香香的體味了。

維尼說道：「我跟幾個男同學想去游泳，你——」

小粉馬上回道：「好啊！」

什麼？我在心中大喊。認識小粉一年了，從未見過他下水，所有需要脫衣服的環節，他都避開。甚至你記得，我說過有天大雨滂沱他整個人溼透來敲我房間門，我給他一套我最大號的休閒服，他整個人是躲在浴室好一會兒才穿好出來的。小粉惜肉如金，這也是之所以我覺得他很棒的一點，他不像其他男生，總愛展露自己的軀體來討女孩兒喜歡。

等我意識過來，我們三人已經到了學校的泳池——維尼的同學向學校借了泳池，池邊有幾個陌生的男生和女生面孔。我並不害怕在陌生的人面前換上泳裝，因為我滿喜歡游泳的。但小粉不同，小粉……等等，小粉會游泳嗎？

我在更衣室換好泳裝，天人交戰許久，擔心小粉只不過是不好意思拒絕維尼而答應，搞得自己很尷尬——我走到泳池邊，第一次看見，小粉穿上泳褲的樣子（我甚至不知道他有隨身攜帶泳褲），維尼也穿著泳褲走出來，一手拿著寶特瓶喝水，水倒得太快，就潑到自己身上，他大笑出聲。那時候，小粉的表情，像是吃到什麼糖果但發現味道怪怪的，那種表情。

因為那種表情，我便以為他是討厭維尼那樣的舉動，而刪除掉其他的可能性（像是他剛被外星人綁架，或他是在壓抑自己的性衝動之類的）。

「好，我要說一個故事囉。」維尼將空了的寶特瓶扔到一旁的垃圾桶中，撥弄了自己的頭髮。

維尼接著走到泳池邊，跳了下水，水花濺起。他浮出水面後，繼續說道：「從前，在很遠很遠的國度，有一個睡了很久很久的王子，有一天啊，他醒來了。你知道他為什麼會醒來嗎？」

小粉搖了搖頭，我的大腦當時還在處理小粉在我面前裸體這個事件，於是我仍站在原地。

維尼在水中朝我們伸出雙手，大喊道：「靠過來一點，你們兩個，靠過來一點。」

我們兩人都很自然地向前走了幾步到泳池邊，彎下身子想要聽清楚維尼究竟要說什麼。下一秒，維尼就把我們兩人一同拉進泳池中，我先是感覺到水淹沒了我，接著是求生意志甦醒連忙從池中探出頭來。才正想要斥責維尼（因為我擔心小粉根本不會游泳或者超級怕水），只看見小粉將被水弄溼了的頭髮向後撥弄，和維尼相視，而後大笑出聲。

他們甚至在泳池中擁抱了。那是我第一次看見他們擁抱。你可能會以為，先前他們交情已經很好了，總該抱過了吧？但沒有。維尼曾經在我拿給他我們家的紅茶時抱了我，還抱了好多次，但他從來，在此之前，沒有和小粉擁抱過。

那次是他們第一次，在我面前擁抱，也是我第一次，看見小粉的裸體。

並不是因為在那個夏天，他剛好脫下了衣服，和我們一起在水池中。而是那個夏天，小粉和維尼在泳池中互相潑水，開懷大笑，並且擁抱，他第一次看起來那麼放心——至於小粉物理上將衣服脫掉露出肉體這件事情，不過是額外的眼睛福利而已。

小粉。喔天啊，我的小粉。他那樣赤裸，毫無遮掩，全部解開了。

他馬的，我多希望是我讓他那樣開心和放心。

啊，還有，我多希望泳池管理員事後沒有因為我們全員都沒戴泳帽，而被學校懲戒。

「永永！」小粉充滿笑意的聲音傳來。

我轉身，小粉就朝我潑水，我當然下意識地潑了回去，跟著笑了起來，維尼搭著我和小粉的肩膀，那時候的快樂，好像可以持續很久很久——仔細說來，這一次，或許不是小粉主動樂意向我袒露，但他確實沒有因為我，而迴避了他的袒露。

那個夏天，那個泳池，終究還是記下了什麼的。我還有一張照片，是某位不知名的同學用拍立得拍下來，拿給我們的，裡頭是好幾張我們在玩鬧時的照片。我收藏了其中一張，我在中間，雙手搭著維尼和小粉的肩膀，三人不知道講了什麼，笑得那麼愉快。

小粉（好啦，勉強補加維尼）讓我那麼愉快。

這樣說起來，你可能會認為所有小粉對我的好其實都和維尼有關，而且看電影算什麼對自己好？

但其實在維尼出現之前，小粉確實也對我不差，至少以一個朋友的身分而言，他是常常陪伴我的。我們去看了海，常常逛書店，一起在床上看電視，他甚至還帶我去了幾間特別隱密的好吃拉麵店（分量都特別大因此我吃不完他就可以搜刮走我的）。

至於看電影——事後，我蒐集了所有我們一起去看電影的電影票根，一張一張用紙膠帶貼到筆記本中，並且寫下一句我當時的想法（後來我翻閱這本筆記本時，發現每一頁都是小粉好棒、我愛小粉之類的，對考證記憶毫無參考價值的文字）。現在，文字本身失去了參考價值，但電影票根卻意外地重要。

在那本筆記本中，和小粉直接相關的，還有一張小粉親手寫下的詩句紙卡，以及那張我和小粉（以及維尼）在泳池不經意被合拍的照片。只有那四十六張電影票根，是在維尼出現之前的。

總共有四十六張，我們第一年，在維尼還沒出現之前，那四十六張電影票。那代表了的不僅僅只是四十六次電影，而是四十六次，只有我和小粉，兩個人，那些只有我們兩個人的世界。至少我是這樣以為的。

這樣說好了，那就是證據，白紙黑字的證據，除此之外我沒有東西可以參考了——我的記憶不是乾淨的，它被小粉的謊言給弄髒了。我無法相信只存在我大腦裡的東西，小粉放任了我相信他的謊言，記憶變成一個要花很多時間，才能洗得稍微乾淨一點的東西。

我說的記憶，是「我和小粉之間真實存在過什麼」的記憶。小粉的謊，即使我接受了小粉這個人，那些謊也不會因此消解。進來了的就是進來了。我或許會直接完全放棄小粉，逃去遠方再也與之死不相見。但慶幸的是，電影票根，證明了一點什麼——那代表了四十六次，我們兩個人，出於個人選擇（不是因為維尼的影響），相處在一起的時光。

其他沒有實體證據的東西，很快就被小粉的謊言給感染壞死了，但票根，確實保存下了一些我可以實際證明的東西。我至少可以拿出來，向我自己說，不，我和小粉之間，並不是什麼都沒有。

而那個「不是什麼都沒有」，對我來說，是救命繩索。

如果兩個人是相愛的，是幾乎可以說是對等的相愛，那身為局外人、身為那個「比較不被愛的那一個」，你終究得理解，他們做了什麼事情，都不重要。他們說了多少話，去了多少遠方，共同策劃了多少次活動，呼朋引伴邀請所有人加入。那全部，都不重要。因為重要的是他們兩個，在同一個環境，做同一件事情。

所以，今天你可以如數家珍，把所有的記憶一一在心裡條列出來，像是一本祕密帳冊。你記錄了你們共同生活的每一個細節，那是很好的，因為這在你終究發現自己是那個會被留下來的人，在被遺棄感襲捲之際，你可以翻閱它，可以以此衡量究竟自己獲得多少、付出多少。你得以評估你的獲益。但相愛不是那樣的。相愛的運作，不是帳冊。

帳冊的出現就代表你始終沒有感到被愛，或者至少，不是你需求的那種愛。所以你才要舉出證據。那天你們去看了電影，那天你拯救他於腹黑衣櫃之中，那天你替他準備多少食物，那天你在大街上狂奔痛哭因為你終於發現他不愛你、他不會愛你。你要藉此衡量自己究竟還剩下什麼。

如果沒被愛，至少，我也不是完全沒有被愛沾染到的。那本帳冊，只是為了證明這件事情而已——我至少沒有全盤皆輸。我至少還是從中獲得了什麼。

帳冊只是我在被小粉徹底傷害過後留給自己的保命繩索。小粉至少，在他那還不知道怎樣善待他人，怎樣誠實愛人的狀況之下，試著「愛」過我——我確實是被愛過的，儘管是那樣淺薄、搖搖欲墜的愛。只要拉著這條線，我就還是有機會，能夠勉強全身，從他帶來的傷害中，而退。

我需要這樣的紀錄，來說服我自己，我是真的多多少少有被愛過的。

所以或許，與其說，我是想告訴你小粉對我有多好，不如說我是想找到一個方式說服自己，怎樣去原諒小粉，怎樣真正坦然接受他對我的傷害。那或許反而更驗證了他對我的不好——很可笑啊，不是嗎？明明應該是愛的證明，卻變成了爛臭發霉的廢紙堆。

我真的都以為我笑得出來了呢。

008

我相信，也該讓你知道，我是在怎樣的情況下，終於辨識出小粉是一個男同性戀的：

認識小粉的一年多，當然我不會完全沒有察覺，但我要將辨識出小粉的男同性戀身分這件事情，框在四個工作天中。而其中我要和你提及的內容有，粉紅怪物、「不在這裡」活動、衣櫃。而最後，讓我真正崩潰的那個，最重要的時間點——睡衣樹祭典守夜派對。

「辨識」是一項過程，耗日費時，而如果你跟我一樣，不夠聰明，那你所花費的時間就要更長。小粉不是在這四天之內才開始露出粉腳，我也不是在這四天才發現端倪，但這四天，發生了一連串我認為終於讓我把自己披在小粉身上的糖衣扯下來的事件。如果不是那些事件接二連三浮現，或許我是會繼續活在糖衣幻覺裡面。

你有沒有玩過一個遊戲，對方根據六個選項，選一個畫成圖，讓你猜他畫的是哪一個。你是不是以為，都已經是六選一了，這遊戲也太簡單？其實難得要命。常常大家畫的，彼此都看不懂，一張圖結果還真的可能只有一個人猜對是什麼。

那對我來說，就是辨識的過程——你大概隱約能知道輪廓，但你就是猜不中。我就不是會猜中的那五分之一。

辨識小粉的過程，之所以霧裡看花，當然有一部分原因是出自我對小粉那不合情理的戀慕，畢竟那樣的喜愛是會扭曲現實的，相信根據前面已經告訴過你的部分，你可以略知一二我扭曲現實的能力有多好。

另一部分，是小粉自己藏得很用力的緣故。

讓我好好地，告訴你那四天，究竟發生了怎樣的故事吧——

第一天——粉紅怪物。

小粉那「看不見」的粉紅水母朋友，粉紅怪物，他甚至替牠設定了一整個背景故事。如同前面說過了的，小粉在十五歲時，自費出版了一本《顏色怪物》，裡頭只寫了一種，也就是粉紅色。而以下就是我總結自他書中的設定──

粉紅怪物，是一種淺粉紅色的生物，通常是一團肉泥，只有在沒有人觀看的時候，才敢從肉泥中抬出頭來，偷偷呼吸。

粉紅怪物的由來眾說紛紜，此版本綜合大眾論述──據傳，粉紅怪物曾經，也是人類。

那些人類，生來擁有不該擁有的愛，那種愛太邪惡了，是會長大的。因為不能表現出來，無處釋放，於是那邪惡的愛，只能在體內不斷蔓延，不斷滋生，緩慢地吞食掉那個人的內臟。

那樣邪惡的愛，會吸引其他邪惡的愛，就像是一種寄生物，寄生在人體內部，不斷張狂地要向彼此靠近──然而這種愛是不容於世的，人類本身的生理構造會阻止這樣邪惡的愛透過彼此不斷繁衍，於是那樣的邪惡就在體內爆炸，那樣的愛從人類的孔竅中溢出，吞噬了人類，將人類變成一團粉色肉泥。

粉紅怪物原本也是人類，還不算死透了，有些政府通過限時法令，就地屠宰，然而有些政府無法通過撲殺法令，於是只能勸導民眾遠離粉紅怪物。

根據研究指出，健康的人類們如果看到路上爬行的粉紅怪物，若是太靠近並且看著他們，就會被那殘存的邪惡之愛給寄生。

政府們勸導人民的三不守則為「不看，不聽，不聞。」，所以，當粉紅怪物從你面前經過，請閉上眼睛，不要聽他們的聲音，不要理會他們的呼喊，就讓他們靜靜地離開。

我在第三次翻完那本童書時，對小粉又一次地問道：「你為什麼要寫那本童書啊？」

小粉坐在床上，翻閱著他的書，我已經忘了那本書是什麼了，或許他根本也沒在看書，那或許是手機、電腦或者其他的。反正在我腦中，小粉常常和我說話時，都同時在做別的事情。

「嗯？」小粉沒抬起頭來，只是輕問了聲。

「我說，到底為什麼是這本粉紅怪物？總有個原因吧。」

我坐在地板上，背靠床沿。小粉和我說過，他認為粉紅色是一種沒有把話說清楚的顏色，但我總覺得他沒說完。小粉就是粉紅色，根本沒有把東西掏出來，藏得很裡面。

小粉沉默了一會兒，就在我都以為他要像往常一樣，直接忽略我的發問時，他卻回答我了。

小粉放下手中的東西，看著我說道：「我覺得很多東西，愛，也沒有用。就算很愛，也沒有用。」

我只覺得有這樣洞見的他好迷人，看著他在床上那個柔軟的樣子，我才想到我包包裡頭帶著替他縫好的粉紅水母布偶，連忙拿出來遞給他。我心跳加快，有點羞赧，將自己的創作送給他人，就是一件讓人很害羞的事情。

「這是……」

我吞了吞口水，回道：「粉紅怪物，我替你縫的，這是可以帶出門的大小。」

小粉回了我一個笑容，現在回想起來，或許是有點尷尬的笑容。他把玩偶放到了他的床邊，和其他的小玩偶們一起，我知道那些玩偶是他的珍藏，我甚至不敢亂碰。

我替他縫紉的粉紅怪物，跟那些玩偶，擺在一起。雖然那是專門想讓他拿出門的，但放在他的珍藏玩偶陣列中，就像是我也跟著被珍藏了一樣。

這讓我相當快樂。

這個玩偶，有個祕密。我在布偶體內放了一張紙條，寫著「我愛你，請和我以結婚為前提交往」。希望哪一天，不小心粉紅水母的皮鬆開，露出了信來。我希望他可以盡早發現。

在維尼出現，並且也得知了粉紅怪物之後，他做了一件抄襲的事情——他自己縫製了一隻超級大隻的，拼貼粉紅水母布偶。體型大概是小粉的一半身長那麼大。

那天是這樣的，我和小粉從課堂走出來後，就發現維尼站在教室門邊，背著一頭巨大的粉紅東西，表皮是以不同顏色的粉紅色布縫拼起來的。他看到我們出來後，搖搖晃晃地跑到我們面前。

維尼用水母的觸手們做成了可以扣起的背帶，所以他像是背了一個巨大的後背包一樣，露出一個大大的笑容，看著我和小粉，最後將視線放到小粉身上。

「你喜歡嗎？」

小粉沒有回話，點了點頭，露出一個很微妙的笑容。維尼將水母從自己身上拆卸下來，裝載到小粉背上。

小粉那一天，背著維尼做的粉紅水母，穿越了校園走回家。所有人都看見他了。他從頭到尾都沒有說話，而一如往常，維尼一個人在那邊瘋言瘋語。

或許是因為水母布偶的體型太過顯眼，迫使我正視這個我想不看都無法忽視的狀況，那一天我確實是感到非常茫然，其一是我曾經要求過小粉帶著我的布偶出門，只是為了展示我和他的祕密連結，但他說了一句話，說服了我他的拒絕是合理的。

「我不想要我喜歡的東西被其他人看見。」

他告訴我，他是那麼厭惡被任何人發現，發現他喜歡的東西是什麼——那他背著水母回家這一回事，又算是什麼？

第二天——「不在這裡」活動。

「不在這裡」是小粉和維尼一系列的，以粉筆在各種場合，將彼此身體輪廓畫到牆上、地板上或者任何他們有辦法畫到的地方。先告訴你，很可惜地，就是只有輪廓線條而已，像極了某種兒童作畫，不是什麼精緻裸體寫真。

他們並沒有向我解釋過這個活動。

多半的時候，他們兩人找到機會，就四處用粉筆留下痕跡，那像極了小孩不顧生態在樹幹上刻字（只不過他們用粉筆，所以大雨一來，就消失了），每一次我問他們為什麼的時候，他們兩人也只是對我露出微笑，像是我問了什麼傻瓜問題一樣。

更多時候，是他們又開啟了那些我真的難以介入的對話情境。像那天，他們最後開始討論起了抱抱通緝犯。

維尼一手撐著牆壁，一手拿著粉筆做出最後點綴，而他就這樣把小粉困在牆上不能動彈。他如此貼近小粉，實在讓我感到小粉的不安，畢竟小粉是個不太喜歡被貼近的人，而維尼又完全是一個沒有私人空間概念的傢伙。

維尼說道：「如果政府今天決定了擁抱是項罪，你覺得會發生什麼事情？像是抱狂、抱抱通緝犯、抱抱精神研究研討會、抱抱藥？」

小粉皺起眉頭，「抱抱狂？」

維尼點了點頭，「非常渴求抱抱，會跑到路上抱抱的人。」

維尼扔掉了手中的粉筆，但依然一手撐著牆壁，非常近地看著小粉。他幾乎整個人都可以說成是要貼到他身上了——雖然這樣的舉動很怪異，但認識維尼之後你就會知道，這世界上，是真的有人，對人與人之間應該有的距離完全沒有基本概念的。

「那一定就是有抱抱通緝犯了吧。」小粉笑了出聲。

維尼用力點了點頭，向後退了一大步，攤開雙臂，大聲喊道：「對。新聞就會時常用斗大的頭條寫說——」

小粉打斷維尼的話語，右手扠腰，伸出左手握拳，「記者現在就站在問號鎮的逗點大學事發地點，同學，同學，請問你知道警方獲報，十大抱抱通緝犯之一，是這個學校的學生嗎？請問你的看法是？」

維尼捂住自己的臉，搖頭說道：「請不要再拍了！」

小粉繼續逼近，急促地搭話：「同學請告訴我你的想法，你難道不覺得阻止抱抱人人有責嗎？」

維尼逃到另一邊，而小粉也跟著跑了過去，一邊跑一邊喊道：「同學！同學！同學！」

他們兩人就這樣東追西跑了一會兒之後，又回到了原本繪製塗鴉的牆角，小粉再度靠向牆，就在那粉筆塗鴉的旁邊，那是粉紅色的粉筆，在白牆上很顯眼。小粉閉著眼睛，和那粉紅人形塗鴉看起來，那麼相像，而維尼朝我揮手，又開始鬼吼鬼叫。

「永永！永永！」

「什麼？」我站起身，從涼亭走到他們身邊。

「我們在聊，如果政府今天決定了擁抱是項罪，會不會之後就出現什麼，抱抱狂、抱抱通緝犯、抱抱精神研究研討會、抱抱藥？」

「為什麼要禁止抱抱？」我問了我從一開始聽到他們的討論，就不懂的問題。

小粉拉了維尼的衣袖，搖了搖頭，「我就說不用問她嘛。」

「為什麼？」維尼看向小粉，皺起眉頭。

小粉嘆了氣，「永永不會懂的。」

「可以告訴她啊。」維尼聳了聳肩，一臉無所謂的模樣，就如他往常一樣。

小粉靠著牆壁，用雙手遮住眼睛，「但告訴她就沒意義了吧？」

「為什麼？」

小粉看著維尼，忽然加重了語氣：「如果告訴她，而不是她自己發現的，那一點意義也沒有啊。」

維尼沉默了一會兒，先是看看我，之後又看向小粉，丟下一句話（明顯是丟給小粉的），就離開了這裡。

「真的是這樣嗎？」維尼這樣說道。

小粉也莫名其妙忽然氣憤地離開了涼亭，我一個人被丟在那裡，完全搞不清楚究竟發生了什麼事情，只覺得嚴重被羞辱的感覺——你可能以為被羞辱的感覺是來自他們兩個人明明是在講我的事情，卻好像我根本不在場，但那已經是常態了，基本上，對我來說都快變成日常，雖然不開心，但我已經能夠適應了。讓我覺得嚴重被羞辱的感覺是，我完全感覺不到他們是在討論我。

他們是在討論我沒錯，但不是在討論「我」——我知不知道答案不重要，我只是他們對話的素材，討論的主題，我不是真正在那裡的，我就像是一個什麼神話典故，被運用在他們的古詩裡頭。我是在場又不在場的。

就像是他們畫了這麼多的塗鴉，卻一次也沒有來詢問我想不想被畫上去，有一次還是我自己親自問了，他們才勉為其難在我家天花板上畫了個隨便的東西——意識到這些，我那完美世界幻象，又龜裂了一點。

第三天——衣櫃。

是這樣的，在我和小粉，難得進行了一次比較深刻（他說了比較多）的對話之後，小粉忽然在這天決定，要把那自從維尼出現後就幾乎打不開來的衣櫃，搬出去換一個新的。我和小粉這天的對話是這樣的——

電視節目播著一個什麼卡通，這集的故事劇情大致上是男主角不能被女主角摸到，否則他就會死掉，女主角找到許多方式不親自觸摸到他，卻仍然和他接觸，像是用力抱緊一個玩偶，再讓男主角抱，或者共用一個水壺，每天交換床單枕頭棉被，穿同一件衣服。

看著這樣的卡通，我忍不住鼓起勇氣，很不離題地問道：「啊那個，你沒有想過要談戀愛嗎？」

「什麼？」小粉躺在床上，看著卡通，發出一點悶哼聲。

我吞了吞口水，回道：「戀愛啊，像是，戀愛。交往。之類的。」

「你說我們？」小粉看著我，笑了起來，他的表情就像是我在說什麼有豬在天上飛之類的笑話一樣。

我在心底尖叫，盡量不要顯得太焦急，問道：「大家不都覺得我們在一起了嗎？」

「是這樣沒錯。」小粉整個人躺到床上，他滑著手機，快速地打著字，嘆了聲氣。「大家總是喜歡插手別人的生活嘛。」

我深呼吸了一口氣，「你喜歡我嗎？」

小粉從床上坐了起來並放下手機，抓了抓自己的頭髮，皺起鼻子，露出一個思考中的表情——在當時，我以為是思考，而確實是思考沒錯，但他思考的並不是我的問題，而是要如何迴避我的問題。

終於，小粉回道：「我覺得，當朋友的話，一定會比較長久的。」

「你看，學校那麼多情侶，多少人這個夏天和彼此約定好要一輩子在一起，下個夏天就換了人。同樣的承諾，不同的人，那不是很廉價嗎？我不想要那種東西。我想要穩定的，可以一直下去的東西。」小粉看著我，他張大雙眼，露出微笑。

我看著他的表情，那種，讓我無法拒絕的表情，點了點頭，回道：「好。」

「我很在乎妳。」小粉看著我，他用他的雙眼，直視著我。「妳很重要。」

說完這句話之後，小粉的手機響了一聲，應該是有人傳簡訊給他。他看了一下，忽然神情一變（不要問我變成怎樣，我就是知道他變了），問道：「妳要不要幫我把衣櫃搬出去？」

於是在難得進行一場深度交流（我認為很深了！）之後，我們所做的活動竟然不是相擁哭泣，而是小粉捲起袖子，用力推起衣櫃——這情境講起來其實很好笑，因為小粉是武林高手。

我沒在開玩笑，小粉真的是武林高手。大隊接力他跑得超快，我總是不知道他為什麼跑那麼快，有一次我坐在司令台上看他們練習，他跑得那麼快，就像是他後頭有什麼怪物追趕他一樣。

小粉的力氣很大，我看過他搬運東西，他真的力氣很大，明明他看起來就沒有特別雄壯。他就像是那些深藏不露的武林高手，看起來滿單薄的，雄渾的是在裡面。

這也是為什麼我認為這個衣櫃很恐怖的原因，事實上，我看過小粉把學校的置物櫃門給扯壞，而那明明是電子刷卡的櫃門。照理來說，依小粉的力氣，這衣櫃就算卡死了，他應該也能扯開才是。但他就是拿這衣櫃沒轍。

一開始還多少有點轍，但維尼出現後，這衣櫃就像是受到什麼魔法保護一樣，根本打不開，小粉還得在剛好莫名其妙又開了的時候，趁機把裡頭的衣服全拿出來另外放置。

之所以說搬運衣櫃的情境好笑，也是因為小粉力氣很大，但他就是無法自己移動衣櫃，那很像是本來神力滿盈的神，要施展神力的時候手心卻只跑出零星火花。他曾經試過在我面前用力推衣櫃，但他連推都推不動。

我和他兩個人在這推了個半天，衣櫃才移動了小小一步。

就在我想要提議打電話找搬家工人的時候，維尼忽然就跑來了。如果你要問為什麼他能進來，我能告訴你的只有因為我們沒有鎖門，或者他是從窗戶爬進來的，反正那不重要，重要的是他進來了。

昨天維尼和小粉的爭執，我不知道有沒有結束，因為他們兩個今天並沒有談話。我根本沒看到維尼，而小粉一大早就把我找到他房間看卡通。但看他們兩人的表情，顯然是還在吵。那好像算是我第一次看到他們兩人對彼此憤怒的樣子。

維尼是滿常生氣的，但總是對外，不會對小粉。至於小粉，小粉比較常是皺眉表達不悅，但不會直接大吼。

維尼皺著眉頭問道：「所以你現在在搬衣櫃？你就這麼怕嗎？」

小粉聳了聳肩，我還是搞不清楚發生什麼事了——維尼忽然拿出棒球棍（對，棒球棍，我真的不知道他哪裡找出來的），朝小粉的衣櫃砸去。他用力地砸，甚至還跳了起來再砸下去。

「天、天啊你到底在幹麼啊？」我嚇得退到牆角，朝維尼大吼。

小粉哼了聲，「你弄不開的啦。」

但沒幾下的時間，衣櫃的木頭發出碎裂聲，整個櫃門被打裂了。維尼伸出左腳踹了櫃門，衣櫃就被打開了（準確的說法是櫃門被踹飛），而衣櫃裡頭竟然不是空的，還有一件淺粉紅色的連帽上衣掛在其中。

維尼走近衣櫃，抽出裡頭那件淺粉紅連帽上衣，塞到小粉胸前，一句話也沒說就走了。

我走向小粉，拍了拍他的肩膀，「他是不是瘋了？我一直都知道他怪怪的但他——」

「不要講了。」小粉低著頭，抱著那件衣服。

我焦急地說道：「明天是睡衣樹慶典的守夜派對，他還要來嗎？他那樣也太恐怖了，不用找他家人嗎？或找老師？天啊我就知道他是個瘋子！讓他這樣跑走好嗎？」

「我說不要講了！」小粉吼道。

那是小粉第一次對我大吼。我第一次，被小粉大吼。我甚至是第一次見證小粉這樣生氣。他瞪著我，就像我是剛才那個砸衣櫃的瘋子一樣。

「剛剛砸衣櫃的人不是我耶？你為什麼要吼我？」

「妳——」小粉先是看著我，之後又撇開視線，搖了搖頭，「沒事，算了，隨便啦。」

「我不想管你們了，你們最近愈來愈怪，到底是怎麼回事也沒人告訴我！」我拿起我的包包，準備衝出去，但理智稍微回來了一些，轉頭對小粉問道：「你明天還要去嗎？我會去，我們都約好了。」

小粉看了我一眼，搖了搖頭。我深呼吸，握緊拳頭，對他說道：「我要去。就算你不去，我也要去。」

「嗯。」

我愣了一下，原本以為小粉會說，好吧，你一個人去也不好，我陪你去——就算不做為一對戀人，對待朋友，也不該這樣應對吧？我憤怒地離開了小粉家，連門也沒關，仔細想想我應該要大力甩門的。不過現在為了甩門回頭，也太愚蠢了一點。

我難得氣到整個眼眶都溼了，我覺得根本不會有更糟糕的事情發生了，這天根本超級委屈——然而隔天的事情證明了「你以為自己已經很慘了」這種想法都是多餘的，因為你永遠只會更慘。世界是不會好的，因為你本身就是整組壞掉。

他們當然不是第一天這樣將我放置在旁邊逕自吵架（以前都只有小規模的），逕自和好，逕自調笑。就像你感冒病發的那一天通常不是你剛被傳染，病毒或細菌抵達你體內的日子，他們通常早就進去了。

許多包含維尼的壞事，雖不至於即刻摧毀我對小粉的整體幻想，但確實埋進體內一些什麼，在我免疫夠好的時候，我可以忽視。我還不至於感冒——很多時候等你發現到「糟了」的時候，一切都已經來不及了。

第四天——睡衣樹守夜派對。

那天我自己前往派對。對，自己一個人。我在會場大門四處張望了一下，都沒有看到小粉，完全搞不懂自己為什麼還會抱持著他會來陪我的奢望，他昨晚連一則簡訊也沒有傳來。

我穿了一件純白的短洋裝（雖然天氣滿冷的，但因為我覺得自己穿短洋裝才好看）和高跟鞋，走進了會場。自己一個人走到守夜派對的會場，事實上滿尷尬的，但我心底對小粉和維尼仍舊是相當不滿，於是這種憤怒壓縮了我的尷尬——我賭氣似地一個人拿了杯氣泡酒，一口乾下，轉過頭就看見快樂男孩。

快樂男孩也向我走過來，他感覺起來還是那麼快樂，他對我露出微笑，我向他點了點頭。

「妳不會冷嗎？」他一邊問，一邊脫下自己的西裝外套披到我身上。

「謝、謝謝。」我笑了起來。

「我們很久沒見面了。」

「對、對啊……」

想到之所以沒再和快樂男孩見面的原因是因為小粉，而小粉卻不在這裡。我拉緊快樂男孩的西裝外套，試著阻擋外而內的寒氣，因為內而外的冰冷已經快要把我自己的靈魂凍傷了。

快樂男孩帶著笑意，對我說道：「沒有關係，我們都忙嘛。」

他這樣的溫暖，確實緩解了一些我心中的寒冷，靈魂看來暫時是不會冰冷到一碰就碎開才是——我和快樂男孩聊了一些他的大三生活，像是他在山區撿到一隻少了一隻翅膀的跳跳鳥（跳跳鳥是一種沒有腳，有八隻退化了的翅膀，用退化翅膀行走的鳥），那隻跳跳鳥的傷口被治好之後（當然翅膀還是少了一隻），硬賴在他身邊，他迫不得已只好將跳跳鳥帶回家養了。

我們後來還聊了不少東西，因為在氣頭上（針對小粉和維尼），於是我向他順便講了一些維尼和小粉總是掛在嘴邊的，那些光怪陸離的故事，像什麼關東煮王國啊，抹香鯨便利商店啊，那店裡頭還有什麼魚頭人身的顧客，會來買貓罐頭之類的。我本來想隱瞞出處，假裝那是我的概念，但看到快樂男孩笑成那樣，我實在還是無法將這功勞全攬在自己身上，所以還是告訴了他，那是小粉和維尼的想法。快樂男孩倒是沒什麼特別反應，只是笑著說，真希望能去那樣的便利商店呢。

總之，就在我們決定要去舞池跳舞的時候，我回過頭，看見一個荒唐的畫面——小粉，穿著昨天那件淺粉紅色的帽T，白色短褲，和穿著白色帽T和淺粉紅色短褲的維尼，就站在離我不遠處。

更荒唐的是，我剛好看到，維尼彎了身子，捧住小粉的臉頰，吻了小粉。

我衝到小粉面前，推開維尼，看著小粉。我沒有說話，只是睜大雙眼看著他，我知道他知道我在想什麼。

有些時候，你就是只看著，就能很真切感受到彼此的心意，很多人會說那叫做心有靈犀，並且認為那是好的、浪漫的、情侶的必要條件——只可惜，是在這樣的情況下，我和小粉才終於心有靈犀。

我沒有說話，但我知道他知道，我甚至覺得我們已經完成了一次最為坦誠的對話。

我瞪著小粉，我覺得我眼眶很熱很燙，為了轉移我自己的憤怒，我在眾目睽睽之下，用力打了小粉一巴掌。

我衝出了守夜派對的會場大門，街道上空無一人，我用力跑著，一直跑著，後頭似乎有人在喊我，但我不知道是不是我的幻覺。我只是用力跑著——直到我的高跟鞋斷掉，整個人跌坐在地板上。

「永永，永永——」

那個聲音傳來，我以為是小粉的聲音，連忙轉回頭去看是不是他追來了，如果是他追來，我就原諒他，一切都可以重來——我卻看到維尼喘著大氣，離我只差幾步之遙，而小粉更遠，他是用走的。他明明跑步那麼快，他如果想追到我，早就攔住我了。但他、用、走、的。他、用、走、的。

我憤怒地從地上爬起來，脫下高跟鞋，往小粉的方向砸——我應該要砸維尼的，因為他比較近，而且他是罪魁禍首，但我真的，只想對小粉尖叫，我此刻非常非常不希望維尼在場。

我扔完高跟鞋（驚訝於我竟然穿著高跟鞋跑步），看到小粉走近我，他甚至沒有幫我撿起高跟鞋，就只是站在我面前，看著我。我看著他，哭了起來。我甚至說不出話，我這時才知道，原來很生氣很生氣的時候，是會喪失說話的能力的。

記得我說過「你以為自己已經很慘了」這種想法是多餘的，因為你只會更慘嗎？我還真的天真地以為，我這樣，就已經夠慘了，直到那件事情發生。

維尼喘著大氣，很慢很慢地說道：「永、永永，對不起，我、我有告訴他要先跟妳說清楚，但我、我們——」

如果你以為，這天只是因為他說了這種話，而變得更糟，你就太看輕維尼的超強搶戲能力了。

維尼還沒把話說完，看著我，翻了個白眼，身體往左傾斜，就這樣昏了過去，整個人跌到地板上。

這下可好了，他昏過去，我的悲傷就得終止了，因為我得想辦法救他。喔他祖宗一百代的，我連悲傷都要被這樣干擾。

009

關於守夜派對的後續，就讓我用很直接的方式告訴你吧：

一、小粉的家

守夜派對隔天早上，我跑到了小粉的家中，怒氣騰騰地取走所有我擺在他家中的東西，以及順手揉爛我製作給他的卡片之類的。不過很抱歉，在守夜派對隔天早上，因為我實在太氣憤了，我和小粉實際的行動我真的想不太起來，總之你就想像，每一句話我都瞪大雙眼凶神惡煞而小粉則是能躲避我的眼神就躲避我的眼神只差沒有當著我的面用簡訊傳給我他想講的話了。

「永永——」

「你不要跟我說話！」

我吼了回去，走進他的房間，爬到床上，將我縫製給他的那隻粉紅水母拿了起來。「你知道這裡面有什麼嗎？」

「啊？」

我拿了小粉書桌上的剪刀，剪開粉紅水母的肚子，從中抽出一張紙條，將其揉爛扔給小粉。我看著小粉，吸了吸鼻子，事實上我已經沒有辦法哭了，在守夜派對那個晚上，幾乎我的水分都被蒸發了，小粉確實笑起來就像太陽，而現在我缺乏水分像是曝晒太久的香菇。

小粉打開紙條，看著我。他皺著眉頭，像是他滿腦子都是困惑。

「說話啊！」我喊道。

小粉小聲地說道：「妳自己叫我不要說話的。」

「天啊！」

我深呼吸，試著緩和情緒，現在我終於能夠理解為什麼許多人都說不要在生氣的時候與惹你生氣的對象說話，我手中的剪刀幾乎都想要揮出去了。我將剪刀和破掉的粉紅水母扔回床上。

「你真的現在給我來這招？」

「啊就妳自己叫我不要說話啊。」

「這時候我說的話你就覺得該聽？」

「我懂妳生氣，但妳可以不用這麼凶吧。」

「不用這麼凶？我問過你，你是怎麼回我的？你說當朋友比較好，你為什麼不講清楚啊？」

「就當朋友比較好啊。」

「你喜歡他，為什麼不講清楚？」

「我要怎麼跟妳講清楚？」

「什麼？」

「我怎麼可能和妳講清楚我想要什麼。」

「你是多膽小？」

「我覺得我很勇敢了。」

「你在說什麼？」

「我覺得我已經很勇敢了。我很努力了。」

「你在開玩笑吧？」

「我真的很勇敢了。我試著要喜歡妳，我是說，那種喜歡。我試著想要跟妳真正在一起，如果我有辦法那樣喜歡妳。我覺得我幾乎要做到了。我很努力了。那不是我的錯，我不覺得妳現在這樣凶我是對的。我是做錯了，但我也真的試著要喜歡妳了。」

「試著？」

「我試著要喜歡妳，我很想要喜歡，如果可以喜歡就好了。但我做不到。」

「那你和維尼到底算什麼？」

「那個也不是我的錯，我就說過，我不知道他會那樣做。」

「你什麼都不知道？」

「我知道我試著喜歡妳，但做不到。我每一次都以為我可以，但就是真的沒有辦法做到。我很努力了，我不是故意的。」

「你如果早就知道你不喜歡我，那為什麼要這樣對我？你為什麼要讓我以為你想要我？為什麼你要把我留在身邊？」

「因為妳崇拜我。在我還沒那麼確定我到底想要什麼的時候，妳崇拜我。我需要那種感覺。」

「不，少在那邊鬼扯。你不需要我崇拜你。你自己知道你有多少人喜歡。少在那邊以為你這樣鬼扯我就信了，你欠我一個真相，不要再說謊了！」

「我很寂寞。」

「什麼？」

「我沒有其他朋友。」小粉吸了吸鼻子，感覺起來就像是快哭了，「我沒有其他可以在一起的朋友，我不想失去妳，我不知道我能怎樣拒絕妳又不讓妳離開，我以為隱瞞一些事情比較不會傷害——」

「所以你喜歡他？你一直都喜歡他？」

「沒、不、不是，我不知道。」

「你不知道？你在乎他。」

「我也在乎妳。」

「你在搞笑嗎？」

「我沒有。」

「你說你不知道，你怎麼可能不知道？」

「我不想在乎他，我真的不想，如果妳能聽我解釋，妳就會知道為什——」

「夠了。」

「永永，如果我可以說什麼讓事情好轉——」

「你真的是個懦夫。」我忍不住笑了出聲，我這時才知道，對事件的怒氣累積到一個程度，事件感知起來就會變得荒謬。

「永、永永？」

「我覺得你好噁心。你就是個黑洞，還自以為自己在乎其他人。」

我走出了小粉的房間——我以為，那時候我就是真的，走出了他的世界。

二、維尼的家

守夜派對當天晚上，維尼家人就來了，並且將維尼直接運回家。維尼是因為自主絕食，營養不足而昏倒。很顯然那不是第一次發生的了，所以他們家族已經都有配套措施，就是將維尼接回家中休養。而我所謂的休養，指的是以電池樹果實汁液為原料製成的超級營養補充液，灌進維尼的體內。我們隔了一週見到維尼，看見的就是他坐在床上翻著書，右手手肘內側血管處插了根大大的針，點滴正一滴一滴流入他的體內。

維尼闔上書說道：「醫生給了我兩個選擇，二十四小時住院直到我願意進食，或者打點滴補充能量。」

「電池樹果實不是除了發電就是食用嗎？而且果實汁液很少耶。」

政府研發出的電池樹果實，除了用以發電之外，如果食用，則有預防居民自殺念頭的功用，果實可以驅散寂寞——維尼那一大瓶，不知道需要多少果實，他有那麼寂寞嗎？

先做點前情提要，或許你會覺得我怎麼會和小粉一同出席維尼的家，這樣的行徑不應該是我這個才剛剛被狠狠傷害後的人會做的事情。但即便我確實被小粉狠狠傷害，而維尼是幫凶之一，但，我多多少少，是慢慢地把那個和我根本不在同一個頻率的維尼，當成一點點接近朋友的存在了。

如果你真的在乎一個人，你是不可能就想說算了，既然自己跟小粉鬧翻那就不管啦死死好了——至少我做不到那樣。

我和小粉並非一同抵達的，我們只是抵達維尼家宅的時間點差不多，所以才一起走進維尼的房間，否則我和小粉，事實上從守夜派對隔天清晨過後，便沒有交談過了。甚至我們剛剛一同走進來也沒有對話。

我心底也是想說他怎麼有臉什麼都不說，他應該一直道歉，一直道歉，一直道歉，道歉到我氣消為止。但他只道歉了一次（還是堅持自己沒做錯什麼事情），而這個念頭只是讓我更加憤怒而已——他竟然沒有覺得自己有錯。

回到維尼家宅——我和小粉在新生派對那天下午就去過一次了，那一次由於我對維尼真的是沒有任何理解空間（所有的空間都被小粉霸占），所以並沒有發現，但這一次我心空了許多位置，大腦可以容納更多有的沒的，就發現了一件事情。維尼的家很陰森。陰森，並不是說什麼燈光不亮或者長滿蜘蛛網之類，反而維尼家宅內部裝潢乾淨到就像是沒人在住一樣，並且牆上擺了幾個動物上身標本。

至於維尼的房間則截然不同，也是因為這截然不同所以我將我的包包放在門外邊而不是拿進房間——維尼房間髒亂到不行，地板上都是垃圾，打開過的零食袋子（但維尼不是不吃東西嗎？），一些揉爛了的報紙和寫滿了字的白紙，還有那散落各處，不知道到底會不會拿去洗的襯衫上衣，和不知道會不會洗的各種顏色的緊身內褲。

維尼難道是有許多可拆卸式的下半身嗎？他究竟是需要穿多少內褲？那內褲海都快跟我的內衣一樣多了難道他是需要勾引誰——該死，對啦，他跟我想勾引的人一樣。

我看向小粉，小粉手中提著一個紙袋，裡頭是數個甜甜圈，他將那些甜甜圈拿了出來，擺在維尼的書桌上。

我什麼也沒帶。容我解釋，我躺在床上哭了一個禮拜，本來是打算回家拿些紅茶來的，因為我記得維尼很愛喝，但我真的沒有氣力移動，況且我早先並不知道維尼究竟是不是罹患了什麼對身體本身有許多損害的疾病，如果我給了不該給的食物反而使他的病情惡化我也是會感到愧疚的（而且還可能會被告）。

今天離開床已經不知道花上我多少力氣了。所以和小粉同時間出現在維尼房間這事情，根本就是奇——等等。

我看著維尼，問道：「你是不是故意找我和他同時間來？」

「我只是猜測你們一定都沒有講話而已。」

我吸了吸鼻子，搖了搖頭，「我不覺得有什麼還需要再講的。」

而小粉依舊是對這話題沉默，他就是擅長沉默，擅長到讓我覺得這件事情實在太好笑，我差點就要笑了出來。但心底知道如果我先笑了，很快就會又大哭了，可是我並不想在小粉面前哭。再也，不要，在小粉面前哭了。

一個人能丟臉的次數是有限的，我已經在小粉面前扮演愚蠢弄臣一年多了，我不願意讓自己繼續丟臉。

小粉拿著一個巧克力甜甜圈，走到床沿，拿給維尼。他輕聲說道：「吃吧。」

看著小粉的舉動，再看看他比往常更加蒼白的臉，他是那麼在乎維尼啊。我從來沒有讓他這樣憔悴過。連我跟他吵架的隔天（守夜派對隔天下午），上課時，他的氣色仍舊是白裡透紅，一點異樣也沒有。

維尼搖了搖頭，拿了床邊的遙控器，轉開電視——我其實已經想離開了，但由於我才剛到，不好意思就這樣閃人，於是勉為其難坐到一邊的位置，而小粉坐在另一頭。

終於有一次，不是我坐在小粉和維尼中間，活像個什麼潤滑劑，或者骨頭間的軟骨組織之類的。

維尼開了一個動物相關頻道，在播放的是海洋紀錄片，將海中各種瀕臨絕種的生物給記錄下來，在他們還沒有徹底消失以前。攝影機拍攝到一隻很小隻的魚鳥——魚鳥是一種生活在中海層的魚類，牠們有鳥的外型，但只能棲息在海底，不像是企鵝可以在岸上活動，只要牠們的肌膚一離開海水，就會迅速硬化成為類似石頭的結構，科學家至今仍舊無法好好解析出魚鳥的生理機制，因為魚鳥受到驚嚇也會變成石頭。

魚鳥最擅長的活動就是躲藏，牠們會在感應到有其他生物靠近時，立刻躲起來。魚鳥會躲進海中石縫裡，或者鑽進沙層、海草叢中，根據記載，有些魚鳥還會躲進空的蚌殼，或剛死去沉在海床的大型魚類體內。

一遇到危機就消失，太過危險就直接變成石頭，完全不需要面對現實，多麼美好的生理機制啊。

「你們不覺得很有趣嗎？」維尼的聲音忽然傳來。

「啊？」我和小粉同聲問道，我咂了舌，餘光注意到小粉皺起眉頭有點不開心的模樣，我心底就爽了點。

「我們喜歡一個東西，很多時候卻是期待他受傷。」

「你也太陰暗了吧。」我回道。

「記錄瀕臨絕種的動物，不就也是在期待牠們消失嗎？因為知道牠們會死，所以才要記錄，如果牠們最後沒有消失殆盡，那就沒有必要稱為瀕危動物了不是嗎？我們都是抱持著期待牠們消失的心態在保護牠們的。」

小粉說道：「只是想要保存，是很合理的吧？所以你要不要吃東西了？」

維尼聳了聳肩，指了指自己的點滴，小粉又一次皺起眉頭。

「很多合理的事情不見得就是對的，就是好的。它就只是合理了。」維尼背靠上床，這樣說道。

我笑了起來，「你真的很陰森耶。」

「如果對方受傷了，對方就會需要自己，所以對方一定要受傷。我們不就都是這樣在期待其他人的嗎？想要看他們受傷。」維尼忽然說道。

「想要保護一個人，為什麼保護他？因為你害怕他受傷。但害怕他受傷，不就是也在期待他受傷嗎——未雨綢繆沒下雨也帶傘或買保險，不希望事情發生但同時期待事情發生，兩種期許都是真的。」

維尼說的話已經明顯到是在講月亮想團圓了，我見小粉完全沒有打算要詢問的意思，只好自己扮演壞人——想了想這一年多的時間，我似乎也是一直在扮演壞人，小粉總是那個比較柔軟的角色。

「你為什麼不吃東西？」我問。

「嗯？」

「你是因為營養不良吧？回想起來，你從來都沒有在我們面前吃過東西。」

維尼笑著回道：「我有喝妳的紅茶。」

我懶得拐彎抹角，加重了語氣，「但你沒有在吃東西。」

「妳是個追根究柢的女孩兒啊。」維尼笑了起來。「妳知道，全世界，有多少人，是沒有足夠糧食能夠度日，活活餓死的嗎？」

「所以你很憂鬱嗎？難過？還是你受過什麼創傷？不是說厭——」

「為什麼妳會覺得我受過傷？」

「不然沒有原因啊。」

「一定要有原因嗎？」

「不然呢？」

「一定要受過傷才會有感覺嗎？」維尼看著我，「醫生也問我，是不是因為我哥哥的緣故，或者其他任何緣故，但，難道不能沒有緣故嗎？」

小粉忽然在這時候插話，「你有哥哥？」

「去太空了，他是太空人。」

「是去哪個星——」

我不太耐煩地打斷了他們，他們那對話明顯又要離題，而此刻我真的是沒有那麼多心情讓他們離題。我其實不太理解，為什麼小粉不問清楚，為什麼小粉要在這麼重要的問題中沉默，並且還提出了根本不是重點的問題。這是一種逃避嗎？但他究竟在逃什麼？

我問維尼：「所以是因為你哥哥，你才不吃東西嗎？」

「為什麼你們都會假設我一定是因為某些很私人的原因才會在意這個議題？一定是因為某個我認識的人因此死了，我才會反對這些事情？」

「因為你的行動如果沒有私人原因，那完全沒有道理。」我沒說出口的是，維尼好像做了許多事情，一直以來都沒什麼道理。

「我的行動就是我的目的不行嗎？」

我搖了搖頭，回道：「我不懂。」

「我就是，不想吃，沒有原因。就像是，有些人本能地想要進食一樣，我本能地不願意進食。進食對我來說，從小到大，一直都是很困難的，我根本不知道原因，也不覺得需要原因。這不代表我完全不吃東西，只是代表在許多時刻，我不想吃東西，而那些時刻太多的時候，我就會昏倒。就是這樣。」維尼舉起自己的點滴架，「我並不是為了傷害自己而這樣做的，否則我不需要使用這種點滴。」

「所以沒有原因？」我皺起眉頭，思考著這個答案。會沒有原因嗎？有可能沒有原因嗎？

「對。」

維尼繼續說道：「我已經累了。每一次，我讓別人知道我真的，就是不喜歡吃東西，不過是想被人理解，但每一次，最後都因為對方無法勸我吃東西，而變成我又得反過來安慰他們，變成我得去理解他們因為無法幫助我而產生的愧疚感。變成我得告訴他們，我雖然沒有很好，但真的沒有關係。變成我必須讓他們自我感覺良好。」

「是這樣的。」我嘆了氣，「我不是很在乎你有沒有吃東西，只要你還能活下去。算了，我也不知道，不知道我到底在講什麼。反正，如果之後你有需要，可以打給我，雖然我不是很想理你，但我可以寄紅茶給你。」

「永永妳人真好。」

我站了起身，露出一個笑容，再和維尼講了幾句完全無關、幾乎可以說是親戚互相詢問彼此生活的對話後，便向他道別。而小粉一句話也沒主動和我說，他就把我當成一個機器人之類的沒有靈魂的東西吧。

反正我現在已經沒有利用價值了，他若要繼續，需要耗費的成本太大，他就懶了吧。他就是個根本不想移動，不想費力的人。

我人都快走出維尼家宅了，才想到我因為太急著要離開，忘記拿我的包包——我連忙往回頭路走去，深怕等等遇到小粉剛好也要離開四目相交我看到他那好看的雙眼可能就會直接忍不住哭出來。

還好我的包包放在門口，我悄悄地將包包拿起，正準備離開時，就聽到房內傳來的對話聲。大致上就是小粉在勸食維尼，像是「吃啊」、「吃啦」、「你這樣我很難過」、「不吃東西不行」、「不然我幫你買新的」、「我在這裡了你還不吃嗎」、「我來了不好嗎？」、「我在這裡」之類的。

我就像魚鳥一樣，在聽到這些話後，落荒而逃，狂奔回家，將自己塞進棉被裡頭大哭起來。我好希望自己就直接這樣，變成石頭。

為什麼我不能變成石頭？

三、我自己

維尼回到學校上課後，我聽聞同學說，他和小粉都沒有再有聯繫——不算是太八卦的消息，畢竟維尼身為一個大一轉學新生，和小粉以及我相處的時間多到有時候教授都會以為他是我們課堂的學生了，同學們對此感到困惑，並且詢問一下也不算什麼。

我許多次下課，都看到維尼一個人站在樓梯間，似乎是等待誰似地張望，但張望了沒多久就又離開。小粉有時候背著書包要走出校園，也會誇張地停下腳步並且四處張望，有時候已經轉身要走向另一棟大樓，看來就是要去找維尼的，但走沒幾步又轉回頭選擇離開校園。

我一直告訴自己，那已經和我無關了。小粉，和我，是沒有關係的。維尼也已經向我家買了許多紅茶，我們是顧客和業主的關係，業主不需要關心顧客是否有吃好穿暖戀愛談得穩不穩定。

這樣的說服，一直到期中考過後就失敗了——期中考完，我走出教室，看見維尼就站在教室外等待，我向他打了招呼，正準備離開，就被維尼叫住。

「那、那個，永永啊，能不能幫——」

「不可以。」

「我都還沒——」

「你想要我幫你跟他傳個口信，是吧？因為他沒回你訊息也不理你。但我也沒有意願和他說話，所以，自己想辦法。」

我沒等維尼回話，就快步離開——我事實上是有些生氣的，生氣的原因在於我又不是他們的工具，為什麼我要被迫介入他們的生活？我自己都沒有生活了。

但更讓我自己生氣的是，在我找到辦法阻止自己，像是報警抓自己之類的之前，我就已經跑去小粉一定在那時間會去的學生餐廳找他。

果不其然，他就在學生餐廳，一個人吃著好幾盤食物。我沒好氣地走到他面前，沒有放下包包也沒有拉開椅子，就站著，雙手交疊胸前，低頭看著他。

小粉一開始注意到有人影的時候抖了一下，但也沒馬上抬起頭來，我知道他知道是我，不要問我為什麼相信，我就是知道。他過了好幾秒鐘，才抬起頭來看向我，說道：「怎麼了嗎？」

「你要去和維尼說話。」

「啊？」

「你喜歡他。」

「我不知道妳在說什麼。」

「我不想看到你，所以我就長話短說。」我吸了吸鼻子，「我和你同時去看維尼的那一天，我沒有馬上回去，我繞回去，因為我的包包落在門外，我聽到你一直勸他吃東西。那天我回家好難過，我躺在床上哭到不行，連續蹺課了幾天，有天早上醒來，手機忽然響了，我以為是你傳簡訊問我怎麼沒去上課，急著打開手機，卻發現是詐騙簡訊。連詐騙集團都比你還關心我。那時候我才知道我怎麼了。我希望你在乎我像在乎他那麼多。」

我更用力吸了吸鼻子，試著忍住自己眼眶的淚水，「你在乎他，你是不應該那樣遺棄他的。」

「妳不覺得你們說的愛都很廉價嗎？」

那是我很少數，聽到小粉這樣露出明顯憤怒的表情，並且語氣那麼嘲諷——「當你們說到愛，我想到的不是一棟房子有群人坐在沙發上相依地看電視吃著剛烤好的雞肉派，我想到的是粉紅怪物。那些每一個，因為愛，而扭曲、變形，被自己的影子吃掉，最後變成一坨肉泥，只能在偶爾沒有人看到自己的時候，才能從黑暗裡冒出頭來呼吸的怪物。當妳讓我知道，妳愛我，我想到的是這樣的事情。當我想要愛他，我想到的是那種事情。」

如果是從前，聽到小粉這樣充滿詩意的對話，我或許就會心醉神迷，完全忘記我們在討論的是一個現實層面的問題。但我現在沒有那樣沉迷的心思了，於是我只是搖了搖頭，也說真的不是很想理他那什麼奇怪的戀愛比喻。

「不管你究竟心理多扭曲，不管那隻粉紅怪物。那都不重要。我知道你在乎他，你愛他，你這樣愛他，你是不會遇到困難就轉身逃跑的。就去找他。告訴他你愛他。告訴他，你要陪他。」

小粉皺起眉頭，沉默了一會兒，就在我覺得他沒有打算回應我，於是我打算離開之際，他才忽然開口。

「妳、妳這樣是原諒我了嗎？」

「沒有。」我搖了搖頭，「我沒有原諒你，但在乎一個人，關心他，是不會因為沒有原諒而停止的。至少我不是那樣的人。」

小粉嘆了氣，「我真的是有苦衷的。」

「多數人經歷過一堆爛事，都還是能找到善待他人的方式，你難道以為，只有你在害怕嗎？」我這樣告訴他後，便離開了。

回到家中的我，躺上床，把包包扔在地板上，閉上眼睛。我用棉被把自己蓋住，抱著一個大抱枕。一開始我只是大口大口地深呼吸，我不知道自己究竟在做什麼，自己都過不好了，還去理他們做什麼？我不是應該因為他們的不幸而感到幸福的嗎？為什麼我還會難過？

我究竟怎麼了？

010

我想和你談談「我喜歡小粉以及小粉是男同性戀」這件事情對我的時空所產生的影響：

放心啦，我不是要告訴你，我其實是複製人，整個問號鎮都是假的，我們的人生只是一場科技競賽，或者我們真的是什麼外星人小孩的科學課堂小作業還差點被當掉。

我要告訴你的是關於失戀，如何在一個人身上產生不合時宜的效應——我得先簡述一下在和小粉爭吵過後，我的生活究竟實際上變成了什麼模樣。

基本上是很無趣的，失眠、吃不下、躺在床上想要下床下了床又想躺回床上、做夢夢到對方變成怪物、希望對方不得好死但又希望對方不要太悽慘又希望對方不能過太好……這些有的沒的情緒，反正你應該也知道了。

和小粉整個學期都再也沒有說話，我回歸到一個人的生活。從來沒有過的，一個人的生活。失去小粉不只是失去一個可能的戀愛對象，也是失去一個我真心以待的好朋友。

不過這些真的都不是重點。實際發生在我身上的實體變化並不重要。在我終於修復自己，從地上爬了起來之後，我將「我喜歡小粉以及小粉是男同性戀者」這個爆炸事件對我產生的影響，區分為以下幾個塊狀來理解——記憶恐怖主義、時空旅行、盜版小王子。

記憶恐怖主義，是這樣的——

先得和你道歉，記憶的恐怖主義，我使用了恐怖主義這個不討喜的詞。甚至我可能根本沒有很清楚這個詞彙背後的意義以及它代表的各種惡行，但我就是用了，因為對我而言，有些謊言就是一種恐怖主義，專門謀殺記憶，使我的腦袋被迫成為記憶屠宰場。

給予實體物件是可以比較隨便的，因為你給了對方實際上看得到的東西，他如果真的不要，可以轉交給他人，或者就是丟掉，或忘在某個餐廳角落。你給了一個人蘋果，你就是給了他一顆蘋果。他不能在收到之後，跑來跟你說你給了他一顆鳳梨。給予非實體物件，是危險的，因為那是看不見的東西。所以每一句話，每個告知他人的情緒，都得小心翼翼。你如果沒有愛，隨便就說了我愛你，那就是給了對方虛假蘋果，對方一咬，把牙齒都咬斷了，你有勇氣賠償嗎？

小粉就給了我虛假的蘋果——這並不是指他不愛我，而是他給了我他可能愛我的幻覺，而且不是夠真切的幻覺，是一種極端勉強，風一吹，糖衣就整件飛走的那種。

有鑑於他給了我那樣的幻覺，迫使我必須重新思考關於我們之間所有發生過的事。我得去整理我們的經驗，並且從中決定哪個經驗是真的，哪個經驗是假的。如果我推敲出某些假的經驗導致我領悟了些我以為我領悟了的事情，那我便得重新去思考，是否我是真的領悟了，還是那也是假的。

說起來很玄妙，讓我直接說個童話故事給你聽好了——有種寄生在記憶中的生物，牠會修改你的記憶，竄改，編造新的東西出來。那裡本來沒有巧克力，你印象中卻多了一盒；你從來沒去過動物園，牠讓你去了三次。牠陪伴你從小到大，度過無數日子，躲在你的記憶背後，把你的記憶變成牠的沙畫，塗塗改改，不斷扭曲變形。後來你把牠趕出大腦了，你以為事情就這樣結束了，原來你沒有巧克力，原來你沒去過動物園，原來你根本沒有一個朋友叫做大帥哥，你終於能夠腳踏實地生活了。你以為故事這樣就結束了嗎？寄生在記憶的怪物最糟糕的是，牠會在你的記憶中留下無數體液，那些體液依然會沾染著你的各種新舊記憶，讓那些記憶彷彿都還是被捏造的，不管什麼聞起來都可能是假的。

當然會有人說真假不重要，感覺比較重要，那或許在某個層面上是對的，但要知道，感覺也是有真偽的——因為感覺建立在對事件的理解上，這時候，真偽之辯就變得非常必要。

在揭穿小粉的種種謊言後，恐怖的已經不再只是他竟然對我說謊，而是我以為的那個世界就這樣爆炸了，「不能相信自己」的恐懼遠遠大過其他的事情，那是一種徹底被抹去存在的感覺——原來你從來都不在那裡。

絕大多數我以為的、我的經驗，都需要重新修正，我必須挖掘我自己的記憶，挑選什麼是可以留下來的，什麼不行。在「我與小粉之間」的整整一年，維尼還沒抵達的時空中，所有我的回憶，都需要重新確定，而這項工程花掉我好幾個月的時間，迫使我不斷謀殺自己的記憶。

記憶是會變形的，愈去回顧，它愈容易化成自己也搞不清楚的東西，我從來不需要去質疑其他人對我所作所為的真偽，因為他們都不是小粉，不是那個我將之納入心土的傢伙。但小粉給了我虛假的蘋果，他以我做為道具，試圖修正自己，試著「愛上我」——這有多麼可笑？關於小粉的所有回憶，那些所有我深信不疑的情感都是謊言，那些愛本來就不存在。將不存在的東西給予他人，將不存在的愛給予他人，讓他人以為你愛他，那是恐怖故事。

假設好了，假設的情境可以讓你有安全感，或許你會願意正視這件事情。有一天，你醒來發現你的男友在隔壁房間，跟你的爸爸做愛——所以你說你愛我，是因為你想被我爸幹嗎？我爸要我帶我男友回家，是因為我爸想要幹我男友嗎？還是你們互幹？你跟我做愛的時候，你想的是我爸嗎？對他人植入根本從來不存在的記憶，造成的後果不只是未來的亡失，更恐怖的是過往的坍塌。即使以前發生過任何真的事情，也全部都變成假的了。

那迫使當事者正視自己的歷史完全都不可信。你親自送給對方一顆炸彈，還期待他笑著感謝你終究誠實？

所以我只好修剪自己的記憶。為了存活，我只好寫下帳冊，留下什麼我認為是真的，什麼是假的。那個帳本，成為了說服我自己我曾經被愛過的證據，也意外成為了我不被愛的證明——是小粉試著愛上我但他終於發現自己還是只能喜歡同性的，那場鬧劇的最佳副作用。

我是他獨角戲排戲時誤闖的觀眾，我看他表演，被他取悅，以為他是替我一個人展演，結果他只是在練習怎樣能夠表演到更好——當然啦，唯一的慶幸是他失敗了，他沒有演好男性異性戀這個角色。

應該是要快樂的吧，想到他也沒有那麼幸福，自己就應該會感覺幸福一點了啊。但我還是開心不起來。

該死，小粉這麼好看，連幻想中他難過的樣子也能輕易就讓我心碎。

躺在床上，不知道第幾次失眠的我，才終於發現原來自己就是個失敗的時空旅行者。

關於時空旅行者——

放心，我要告訴你的這個故事真的不是科幻小說。時空旅行者的這個概念，是被小粉和維尼那「不在這裡」活動誘引出的想法。

在那無數次被小粉和維尼放置一旁成為標本的活動中，我在那裡，又不在那裡，這件事情非常讓我困擾。我並不知道一個人是該怎樣同時在那裡又不在那裡，人又不是什麼薛丁格的貓，我就是在那裡才對啊。

小粉和維尼從來沒有向我解釋過他們的活動目的，每一次我問了，都會得到類似像是維尼大笑，小粉聳聳肩，兩人又繼續玩鬧起來的情境。這種情境看幾次還滿新鮮可愛的，但當你累積看到二十次的時候，你就真的會跟我一樣，翻白眼去旁邊逛個街再回來之類的。

當我躺在床上，早已經沒有眼淚的我，不知道度過多少日常。所謂的日常就是，每天起床，吃早餐，上學，下課，吃晚餐（跳過中餐因為我那時候也吃不太下，而且雖然失戀但我還是有身體意象恐懼，就像所有青少女一樣），回家，一事無成，躺到床上繼續哭不出來。

我永遠不會知道為什麼會是在那個時候，我才想起來，我天花板角落上的一個小小笑臉人形塗鴉。就在那邊，一個那麼明顯的笑臉火柴人，那是維尼替我畫上去的，那一個，小小的，小小塗鴉。

對，那是維尼畫的——當時他在那邊和小粉打鬧，我隨口問了句「怎麼我都沒有這些塗鴉」，小粉沒有回話只是一臉漠然地看著我，維尼拍了拍小粉的肩膀，說「我們就幫她畫一個啦」而後便想盡辦法在天花板上畫了一個小小的、顏色淺淺的，如果不仔細看，根本不會看到的小小笑臉火柴人。

我也說過，維尼做的許多事情，我都不太有意願記得和理會，所以這個小小的舉動，當然也就沒有被我牢記在心——但當我在這樣悲傷的情緒之中看見那小小笑臉火柴人，我忽然見證了「同時在那裡又不在那裡」這件事情是多麼樣地可能。

它在那裡，因為它確實就在那裡，在天花板上，有它的身影。但它也不在那裡，因為我沒有注意到它。

小粉的男同志傾向就在那裡，因為它確實就是男同性戀，但他同時也不是，因為我沒有注意到他的傾向。

同時在那裡而又不在那裡，就是一個失敗的時空旅行者會遭遇的情況，而我就是那個時空旅行者，駕駛著時空機器，前往某個時間點，機器卻不小心壞了，我被留在那裡，成為一個同時在也不在的東西——在的是那些維繫我身為系統一分子的日常活動，吃飯，排泄，上學，和家人講話。

而為什麼我不在？正是因為，我不在我本來以為我在的那個時空——那個我和小粉會相戀，會穩定交往，會分手，會復合，然後就結婚生子的時空。那個沒有維尼的時空。

我未來的一個可能性被這樣否定了，曾經我想過要和小粉生兩個小孩養好幾隻寵物，我們會住一間漂亮乾淨的大房子，我可以成為家庭主婦，或者如果小粉想要成為家庭主夫我就去工作，畢竟那些都不重要，重要的是我們在一起。那個「我們在一起」的時空可能性被摧毀了。

我就是被困在另一個時空的時空旅行者。失戀本身就是這樣的一件簡單到幾乎荒涼的事情。

你同時被放在兩個世界的交界，一個是你期許過的美好圖景，一個是美好圖景爆炸後的殘骸灰燼。你哪裡也去不了，就被卡在那裡。

我是一個這樣失敗的時空旅行者啊。

盜版小王子，則是一個小小的故事——

我必須生出一個理解並詮釋小粉行徑的方式，否則我是不可能走出「我愛小粉，小粉試著愛我但愛不了我，而且他愛維尼」的那個時空之中的。在我不斷往返那個身為系統一分子的日常活動中，我記錄了一些事情，像是小粉和維尼的種種行徑，也就是我在先前已經慢慢告訴你的那些，我將這些當作素材，捏造出一個故事，名為「盜版小王子」，主角是賈鮮。

戴著塑膠王冠的賈鮮，墜落到一個美味行星，美味行星是可以吃的，石頭吃起來甜甜的有紅茶味，而且會自動長出新的來。那個行星上的居民以為他就是天神派來統領他們的君主。受到萬眾愛戴的賈鮮，在吃完一頓又一頓美味的食物後，打消了早早修好自己飛行器的念頭，決定留在這個行星，並且拒絕國王的稱號，自封小王子。

有些居民抗議這樣莫名其妙血統不明的傢伙，竟然就統治了行星。小王子賈鮮深怕離開美味行星後就再也吃不到好吃的食物，於是便偷偷地用了自己私藏的小小魔法，製造出了一種粉紅色的怪物，這種怪物偶爾會出現，當牠出現時，就會吸走所有居民對小王子賈鮮的質疑，也於是，再也沒人質疑他了。他很滿意自己的行徑。

賈鮮的飛行機外型是一個大大的衣櫃（小小行星們全是裸體，沒有製作衣服，所以也沒有衣櫃產業），門鎖在墜落時損壞了，怎樣都打不開，原先經過美味行星居民們的努力，打開了幾次，但都來不及讓賈鮮將機器修好，就又闔上。後來經過魔法師們的幫助下，衣櫃外型的飛行機勉強修復好了，賈鮮很開心，因為雖然他不打算離開這座行星了，但他仍然希望能保有離開的資格。

統治美味行星的賈鮮雖然對子民並不算非常好，卻也沒有虐待他們，整座行星的居民都因為賈鮮那神選之子的傳奇而不離不棄。但好景不長，又有另一個人墜落到這個美味行星上，姑且我們就稱之為，危泥。

危泥是從危泥行星來的，之所以會叫危泥，是因為那裡居住著一堆水泥怪物，整座行星都是水泥怪物。危泥懷抱著一個祕密逃來這座美味行星上，雖然居民們都很討厭他，卻礙於小王子的權威，而不敢做出任何反應。危泥就這樣子住進王宮中，和小王子一同生活。而在危泥出現後，衣櫃外型的飛行機就徹底壞了，怎樣也打不開，賈鮮小王子內心感到非常恐慌，卻覺得如果危泥也在這裡，那自己也能待在這裡。

有天，危泥的祕密忽然曝光了，他是需要食用水泥才能生存的水泥怪物人類混血，但他認為這樣太殘忍了，於是逃出父母的掌控，自己搭了飛行機跑到這個小小行星，因緣際會認識了小王子賈鮮，兩人成為單身但住在一起每天睡在同一張床上但仍然單身的單身分子。

故事就在這裡結束了。

因為我實在有太多疑問了。我原本以為我的療傷之旅就會卡在這裡，我就活該成為那個沒有未來的時空旅行者。但是後來我忽然發現，那些「疑問」才是重點。這裡指的不是這個故事對我和小粉和維尼之間的種種隱喻，那些你可以自己猜，我說的是我的「問題」。那些居民們為什麼沒有做到的部分。

究竟為什麼那些居民即使內心不滿，也從不抗議？

為什麼明明知道修好小王子的飛行機，他就可能離開這個行星，就沒有人能夠統治這裡了，為什麼還是要替他修復？

為什麼居民和小王子從未發現危泥一直在挨餓？為什麼只不過是戴了個看起來像是真的王冠的塑膠冠，居民就會以為賈鮮就是神選之子？

想到這些，我自己的時空機好像突然發出轟隆轟隆的聲音，引擎開始運轉了起來——事實上，即便小粉是如何惡劣的一個生物，待我如何涼薄，去思考究竟他做了什麼已經不再是重點了，因為他已經做了。

這不是說我原諒他了，我接受他的噁心了，我們要重新成為超級好朋友了。而是說，在已經確定小粉並非如我幻想中那般善良美好後，我必須回過頭去檢視自己為什麼許可了他的行動合法性。

我當然是小粉那些行徑的受害者，但我確實是愛了他的，我確實在腦海中建構出我期許的未來。小粉或許是無情地利用了我，但我也並不真的全然無辜。

還自認為自己就是個受害者，是小粉的習性，是小粉的應對機制，那種不斷說自己雖然沒有做好但也沒有錯的說詞，是他最噁心的地方。但那不是我的，因為我很確定沒有人那麼無辜，至少我就不是那麼無辜——不過，該死，我怎麼會和小粉和維尼一樣，變成靠童話故事來理解以及逃避人生的傢伙啊？

011

關於我重新成為小粉和維尼的朋友，事件經過是這樣的：

基本上失戀這種事情，通常悲傷都不夠徹底。這不是指自己不夠悲傷，而是沒有悲傷到想讓你就此了結一切，但又沒有輕描淡寫到你可以直接跨過去就像什麼都沒發生一樣。於是就被困住了，像我的大二後半年以及大三第一學期，我都活得心不在焉。

上完課就是回家，回家完就是上課。每天看著螢幕中各種節目，笑笑就又是一天。每天都想說，要努力了，要爬起來了，但欲振乏力，就是真的完全振作不起來——小粉是我長期的生活目標（以大學生而言，一年就是長期了），忽然沒了目標，沒了軸心，很容易就會不知道自己到底是要轉去哪裡。

除了意識到自己似乎是真的沒有朋友這件荒唐的事實之外，我的人生就像是卡住了一樣，在那轉啊轉啊轉啊但哪裡也沒有去，只是讓時間經過，而時間的經過很快，一下子就快過完大三了，我也逐漸建構出我對小粉的新的理解。

我相信小粉出現在我面前一定有個什麼原因，我是那樣深信他是來成為我的伴侶的，因為只有這個可能，他才有必要出現在我面前。然而我忽略了一件事情，綁匪也可能以某種命定的姿態出現在肉票面前。之所以是這個肉票，而不是那個肉票，一定是有什麼特別的緣故。像是他特別有錢，或看起來特別好綁。這個人，在遇到了這個綁匪之前，並非肉票。我在遇到小粉前並非現在這個樣子，我現在這個樣子，是小粉的「功勞」。

當然，這樣的理解並不是一個腳印就能抵達的，是跌倒了，爬了，用指甲抓著爛泥，拚命向前，不斷往前，才逐漸形成的——我並不是那麼聰慧的人，至少在那個剛被小粉破壞後的當下不是。如果我夠聰明，或許就可以逃避這樣的掙扎，以很快的速度變好，重新和小粉與維尼成為朋友。但我就是不夠聰明。

我終於能夠認清自己不夠聰明這件事情，也是小粉的功勞。

小粉破壞了我原先對世界的認知，使我必須尋找新的方式來解讀這個世界，我才終於知道原來是有小粉那樣，明明看起來那麼美好，卻仍然七孔八洞的人的存在。我才知道原來同性戀是真正存在的。小粉身為男同性戀者這件事情，對於我而言，就是打破了我對同性戀原先的認知。我原先只是像理解什麼神話傳說鬼魂之類的在理解同性戀者，是那種如果你問我可能存在嗎，我會說可能，但原則上應該不會真的存在吧，的那種認知。小粉讓我知道了我那樣的思維是不合時宜的，更新了我的視野。

被更新視野進而知道更多東西是很疼痛的一件事情，就像是靈魂正在蛻皮一樣。但更新有去無回，蛻皮了就沒有把舊皮穿回去的方式——我之所以和小粉與維尼重修舊好，是因為我知道了兩件很細微、很不重要的事情。

首先，我知道了受害者的迷信。第二知道的是衣櫃是所有人的必須。

那一天，憤怒男孩（你可能忘記他了，但我故事才剛開始沒多久就提過他）在食堂和我同桌，原因不是我和他忽然相熟變成好朋友，而是整間食堂其他位置都滿了。

由於我受困於失戀情緒之中，覺得自己實在是可憐至極，沒空理睬憤怒男孩，否則以往如果他一靠近，我就會多少因為害怕而躲往別處。我就這樣有一口沒一口地吃著無聊的餐點，而憤怒男孩則是憤怒地吃著薯條。

如果是從前，我是真的不會有勇氣向陌生人問任何事情，但現在的我開啟了失戀模式，就是厚顏無恥生無可戀而什麼都無所謂，這就像是你向一個人宣告他的未來已經不可能找到新的工作，他一輩子就會困在這裡拿一點薪水買不起房子勉強租間破爛漏水屋還三餐不繼，他也是會陷入一種跟陌生便利商店店員聊心事的狀況。

失去小粉，失去的不只是我的未來老公，還是我本來的朋友，這雙重打擊基本上就是將我逼到一個沒有冷氣的漏水屋裡頭了——我不敢去電影院看電影，因為從前我只和小粉去看電影。我也沒有再去括號湖了，因為那是我和小粉的祕密景點。我不敢去一間專門賣薯條炸雞的店家，不敢吃拉麵，不敢再自己準備食物來學校了，因為那些都是我和小粉的活動。

如果我有朋友就好了，我可以讓他們陪我去，但我沒有。我只有小粉——天啊，光想到這個就覺得我讓所有女性蒙羞了，我竟然愛一個男人愛到喪失自我。還是這是所有學業沒完成就懷孕生子後來成為家庭主婦的女人們的共同心聲？

我問道：「喂，你只吃薯條啊？」

「為什麼妳會跟我說話？」憤怒男孩皺起眉頭，看著我。

「因為我剛好在這裡，我很無聊。」我聳了聳肩。

憤怒男孩先是沉默了一下，繼續吃起薯條，過了一會兒才回道：「妳和……那個很好看的人，不是朋友嗎？」

經過小小的對談後我才發現，原來憤怒男孩確實就是滿容易生氣的，但他不是那種應該讓大家聞風色變的男孩，他只是難以控管自己的情緒，但大致上來說是很好對話的一個男孩。而且他的記憶力好到不行，是過目不忘的那種，所以他才會在明明從未和我們有過實際交集的情況下，記得我和小粉是朋友。

一個陌生人都能藉由我們的相處次數而推測我們是朋友了——算了，想起來又讓我更難過，不想也罷。

「你知道大家都怎麼叫你嗎？」

憤怒男孩點點頭，「憤怒男孩？」

「他們都說什麼你剛開學的時候就把一個坐到你位置的同學踹到送醫急救，類似的傳聞從來沒停過。我之前遇到你都會特地避開，怕你哪個不對勁就忽然攻擊我。」

我笑了起來，「我真的好膚淺，不敢相信我竟然會這樣靠流言判斷別人。」

「我不是很在意他們的想法，只要他們不要碰到我就好，我不喜歡被碰到。」

「什麼意思？」

「我不喜歡被摸到，我覺得被觸摸的感覺很恐怖。」憤怒男孩皺起眉頭，我注意到他的右腳不停地抖，看上去有些焦慮，「我有參加憤怒管理的課程。是被迫的。因為我不小心把那個同學推到牆角，被迫需要參加。但我想可能多少有一點點，一點點用吧。至少我現在沒那麼容易想打人了。」

「你不生氣嗎？他們那樣說你？」

「為什麼要生氣？」

「你是受害者耶，你不喜歡被觸碰到，而被碰到，是你被傷害，你只是做出反應而已。」

「我、我是被迫的沒錯但，那也不代表我就是完全無辜的。」憤怒男孩露出一個很奇怪的笑容，我猜測他平常沒什麼在笑，因為那笑真的是太微妙了，就像是鯊魚試著要吃素一樣。

「你好聰明。」

「我當然聰明，我是這個學校最聰明的學生，所以被迫參加那什麼憤怒管理課程真的是很浪費我時間。」

我張大雙眼看著他，雖然他那話或許是滿誠懇的（畢竟他是學校最年輕的跳級生），但他的模樣顯然看起來是試著想要搞笑。看著他那樣努力，表情似乎還有些尷尬，我就忍不住笑了起來，而他也跟著笑了起來。

那天午餐是我難得覺得時間過很快的時刻，我已經度過無數個無聊煩躁到讓我覺得自己整個人都是真空的日子。雖然我們聊著聊著，就遇到了那樣的情況——有一群即將畢業的學生，似乎是因為喝了點用破折號蟲製作出的飲料，而顯得相當浮躁。

破折號蟲是一種很特別的蟲，牠們是沒有毒液的，但牠們會釋放一種酵素，讓被咬到的生物性情大變。在還沒有發現牠們的存在之前，常常出現動物園中原本溫馴的綿羊，在被剃毛的時候忽然粗暴地攻擊館員，發生過無數奇特的動物傷人事件，當然也發生了許多館員傷害館員的事件。雖然說後來確認了原因，問號鎮多數的生物也都應該注射了疫苗，但動物園區仍舊偶傳動物傷人事件。政府只說那是因為免疫效果偶爾會失效，至今研發團隊仍舊努力製作新的全效疫苗等等。

雖然破折號蟲的酵素對人體已經因為疫苗而大致無害，但由破折號蟲體內吸取汁液而製作出的飲品，仍舊能造成大小不一的性情改變，並且讓人感到自己變得無所不能，成為許多苦悶的人們的首選飲品。

於是就在這天造成這樣的情況——三個喝了破折號蟲飲品的準畢業生，跑到我們桌前，在那邊叫囂調笑，說話內容髒到不行，總之我替你做出了比較勉強可以閱讀的翻譯版本。

混帳甲：「喂，你這小子，在把妹啊？看不出來你這麼厲害啊。」下略一堆動詞。

混帳乙：「還以為這小子是處男呢。」他還拍了憤怒男孩的肩膀。

混帳丙：「這你女朋友？介紹認識一下啦——」右手比了個圈圈，左手伸出食指中指不斷進出那個孔洞。

原先憤怒男孩還滿忍耐的，至少我可以明顯感覺到雖然他快跳起來了，還是握緊拳頭，不斷深呼吸，試圖轉移注意力——直到混帳丙提到我，並且做出那手勢之後，憤怒男孩忽然就彈了起來，一拳朝混帳丙的胸膛一擊，力道之大，一下子就讓他倒在地板上不斷喘氣（很顯然是暫時喘不過氣）。

通常這時同夥就會逃之夭夭才是，但只能說破折號蟲飲品的品質很好，甲乙兩人仍舊沒有離開，還試圖替自己的朋友討回公道——結果就是甲整張臉沾滿蒸蛋和米飯，乙跌倒在地試著要爬起來卻因為地上都是菜水的緣故而滑倒又滑到，食堂傳來不止的歡笑聲。

當然，校警很快地就出現，憤怒男孩又是被架走了，但這一次在食堂的學生們竟然都一起歡呼，讚賞憤怒男孩的行徑（後來我才知道，那三人在學校風評很差，常常欺負很多新生，早就惹了許多人不滿，憤怒男孩輕而易舉就把他們打在地上連滾帶爬，根本直接變成許多學生們眼中英雄般的存在）。

雖然沒能繼續和憤怒男孩聊天，但憤怒男孩向我所說的話、戰鬥現場以及戰後喧鬧的食堂，讓我從我原本霸占的受害者情境中稍微分心——坐在食堂的椅子上，我開始思考起，我究竟是不是單純的，絕對的受害者。

事實上，我得出的答案就是，是的。我就是受害者。我完全就是一個受到小粉欺騙，嚴重傷害的受害者。

而讓我進一步繼續思考這問題的動力，不是受害者與否之類的解答。我並不認為否定自己坐在受害者位置是正確的思維，雖然似乎有某些心理論述是這走向。但是，受害者就是受害者，沒必要換個詞彙來稱呼他們是別的東西，好像藉此就能讓自己昇華解脫一樣。那就像是男同性戀者小粉，試圖把自己變成異性戀者小粉。

受害者就是受害者，這並不是問題——問題是受害者會只是受害者嗎？

在我問了小粉之所以創作出粉紅怪物這樣的生物時，那一次，他難得地向我吐露自己的真心。他認為很多東西愛也沒有用，就算很愛也沒有用。確實，他是欺瞞了我許多，但他曾經也向我坦承了一些什麼，而我總是漏接，沒有承擔他的真心。

而有些事情影響了我對小粉實際的認知，那也真的就是小粉造成的（不論是否有意）。有一次的情境，非常適合拿來舉例。那次是小粉正在大掃除自己的房間，以及同時吃東西，而維尼也在場的少數情況。

雖然說或許你至今已經下定決心把我當成一個宇宙花痴了，我也不打算否認這點，但，我並非毫無理據的。倘若小粉與維尼完全排除了我，而我在他們兩人之間沒有任何籌碼，那我也不是笨到會完全看不清楚狀況。但，就是總有那幾個籌碼，讓我可以說服自己，小粉是比較在乎我的。

像是房間。小粉幾乎不讓維尼進他的房間——當然不是沒進去過，而是小粉盡很大努力，不讓維尼進去。

那幾乎就可以讓當時的我認定，是因為我比較特別，所以只有我能踏進小粉房間——當然，我之後知道，原來就是因為我不夠特別，所以我才能踏進他房間。因為他並不害怕被我看見任何東西。

但事實上，在整個與小粉相處的過程中，明明無數次擺明了被冷落在旁，小粉不斷只顧著自說自話，不斷在我說話的時候打斷我要說的話，如果說他的打斷是為了回應我，那也就罷了，但並不是這樣的。他的打斷，總是跟我在說的毫無關聯，就只是他想說別的事情而已。

明明那麼多跡象都證明了我在小粉的心中根本沒有那麼重要，而我卻仍然自顧自地以為他會愛我，完全服從了我自己想要被小粉愛的願望，而扭曲了現實發生的事情。

我這麼說，不是為了要幫小粉開脫，也沒有要否定他利用了我想要被他愛的願望來操控我，但是，是我，我讓他有了那樣完全凌駕於我之上的能力——我是不應該讓他擁有那麼大的力量的。

我服從了我想要被小粉愛的願望，下意識地扭曲了現實，過度詮釋小粉對我做出的每個舉動，反而被他利用來操控我，讓我留在他身邊，利用我來驗證自己的性向——小粉同時也服從了自己的慾望，順從了自己對性向的恐懼，順從了他對自己的厭惡，因此利用我來進行他的逃避計畫。

我想說的是這件事情——我們，就是兩個人性軟弱的傢伙罷了。

或許我並沒有比他好到哪裡去才是。

理解自己受困於受害者的迷信這件事情，並不是為了要告訴你自己不是受害者，不是要阻止你受到傷害之後悲傷的情緒，沒有想要否定任何你真的就是被傷害了的事實。而是，我們有沒有問題？我們是否完全無辜？這個質問，並非要逼自己學著原諒對方，而是要面對自己可能的錯誤，正視自己究竟做了什麼。

我發現反省自己能讓我從「被小粉傷害了」的這個情境中抽離出來，慢慢檢視自己究竟都幹了什麼好事——事實上，只要我能夠在情感上，離小粉更遠，把我們彼此切成兩個個體，而不像從前我總是認為我們是生命共同體那樣，我就能開始療傷。

憤怒是無法療傷的，躺在床上，納悶自己做了那麼多，小粉怎麼可以不喜歡自己還傷害自己，對我的痊癒沒有絲毫幫助。那只會把我在情感上和小粉拉得更近。

我要做的是努力切斷「我愛小粉」的這條繩索，而不是不停憤怒於為什麼小粉在我那麼努力善待他之後，可以那樣無情地傷害我。

解開受害者的迷信，是讓我開始真正療傷，脫離我愛小粉這個迷障的起頭，說起來，事實上就像是宣告自己與小粉再無關聯。而衣櫃是所有人的必須，則是之所以我能在切斷與小粉的情感連結後，仍然會和他重修舊好的重要原因。是我怎麼會決定要原諒他的開始，是為什麼我能和他重新產生關聯。

為什麼我會認為衣櫃是所有人的必須？這就得說回當初維尼逼問我內衣褲安全褲的那個話題。

現在，我當然可以很無所謂地說，我認為安全褲就是個奇怪的設計。你有沒有好奇過為什麼女生穿裙子總是被說要穿件安全褲？這個物件有兩個小地方，在維尼當初點破之後不斷困擾著我。首先，它的功能是？已經穿內褲了，好啦，就算不穿內褲也好，不是總有些男生好自豪自己不喜歡穿內褲嗎？既然已經有穿內褲了，為什麼還需要安全褲呢？因為內褲太醜嗎？但男生也沒有在小花四角褲上再套一件純黑色的安全褲啊。第二，則是它的名稱。究竟這是給誰安全的褲子？它有什麼神力可以保護我安全？

許多人會告訴你說，因為露內褲很淫蕩，會讓異性起色慾——假設我們認同這個論述好了，那為什麼不是男性全部穿上貞操鎖？假若我們真的要走往那個論述的話，為什麼不是男性穿上更安全的「褲子」來保護女性呢？

在維尼對安全褲提出質疑的當下，我是沒有想到這些的，我只覺得討論這件事情很不舒服。但這確實就是個思想種子，緩慢在我腦海中發芽，我已經不願意去思考維尼究竟是多麼早就看穿了這一切，他畢竟和我從來都不在同個時空，我思考的是，為什麼當初我會感到不舒服，而那不舒服的感覺究竟是怎麼樣的感覺？

我們似乎都將自己活成了一座衣櫃，不斷用各種東西遮掩自己——衣服、化妝品、保養品、醫美、藥物、表情、眼神、語言，各種東西，在我因為小粉的偽裝而感到憤怒之際，我何嘗也不是那樣遮掩自己？用化妝品保養品衣裝笑容語言來遮掩自己的真實模樣，只是為了讓小粉更可能喜歡自己。

我試著回想，究竟有幾次和小粉單獨出去玩的時候是沒有化妝的、是沒有特別精心打扮的？我真的完全想不起來，我似乎花了很多錢在粉底液睫毛膏之類的東西上頭——在我責備小粉不夠誠實的時候，難道我就真的一絲不掛了嗎？

好幾次小粉臨時的邀約，都迫使我得加速我化妝的速度。我其實大可不化任何妝去見他，但我就是做不到，我覺得彆扭，覺得化妝之後的自己才是真的自己，而沒有化妝就和他約會的自己，就像是裸體一樣，而那多麼讓我感到羞恥。

我們每個人都用各種方式來遮掩自己，只為了表現出我們心目中的，我們的樣子，不是嗎？而那和說謊，有時候是不同層次的事情。是吧？

就像是小粉和維尼那總是使用各種虛構故事來對話的方式，把自己藏進故事中，小粉把自己的情感藏進他的粉紅怪物裡頭。我用化妝和各種衣著來試圖討喜，那也都是遮掩。當然，理想的情況會是我們終於不再需要虛構的故事，不再需要任何掩藏。

但是，在當事人還沒做好心理準備時，掀開對方的遮掩，就是逼對方公開裸奔，那是相當讓人痛苦的一件事情。

如同當初維尼提出安全褲質疑時，我所感受到的那種想要馬上逃走，想要把自己的臉撕成千萬碎片一樣的那種感受。

說穿了，只是不合時宜罷了。我和小粉相遇的時間點不合他的時宜，所以我被他的時空給碾碎了。雖然說他真的傷害了我，但或許他也是身不由己。

各有各的苦衷聽起來很像是廢話，但確實是這樣的。每個人都有自己的難言之隱，我只是不湊巧地出現在那樣的時間點，那樣地和小粉相遇，那樣地被傷害了，如此而已。

好啦，我知道繼續說下去，你一定會翻白眼想說我到底是同樣一件事情要扯多遠用多少比喻，所以這點我就說到這裡。

不過，雖然我覺得自己已經開始想要原諒小粉了，但時間仍舊是漫長的讓人困擾。我的大三上學期依舊是處於一種很努力在爬，但總是爬不太起來的狀況——直到我和他們兩個共同被關在那間電梯裡面，被迫產生對話為止。

一個人是如何在你的生命中對你的生活產生影響；兩人分道揚鑣後要如何重修舊好，繼續對彼此產生新的效果，都需要同一個前提——他必須出現。

並不是我沒有遇到小粉，畢竟我和他住在不遠的地方，又是同學，生活環境基本上並沒有太遠，而是我們始終沒有說話。維尼試圖嘗試過幾次想讓我們對話，但都以失敗收場（所謂失敗，就是我一看到小粉的臉就離開那個環境，不管那個環境是電影院咖啡廳還是演唱會），幾次之後，維尼似乎也就體認到我們是不可能恢復往常的了。

直到那次學校的電梯故障。

總之，電梯就是故障了，我和小粉以及維尼三人被困在裡面。怎樣發生的並不是重點因為它畢竟已經發生了，重點是發生了之後的事情。

電梯故障時我驚呼了聲，小粉和維尼也跟著嚇了一跳，電梯內的燈沒有暗掉，但原本顯示樓層的儀表板都變黑了。維尼伸手按了幾下通話器——或許你以為會沒有人回應，但不是的，學校保安系統很快地就接起電話，並且告知約莫在三十分鐘後系統就會重新啟動，請我們不要做出任何試圖離開電梯的舉動，並且告訴了我們一個故事：有個小孩被關在電梯中，硬是想打開電梯門出去，結果門一打開，他就被怪獸吃掉了。

後來我才知道保安人員是嘗試在向我們搞笑，但很顯然我們都沒有領略到這個寓意。我們三人只是彼此瞪大雙眼對望，完全不知道究竟發生什麼事情。

在保安人員承認自己只是開個玩笑想緩和緊張氣氛之後，我們三個人就恢復成原先尷尬的處境。這樣說或許很難感受，但情緒的湧動是會讓人忘其所以的，就像你去參加迎新派對或任何露營活動，大夥兒在那邊「喔嘿喔嘿」，你也難免會被迫跟著喔嘿喔嘿。

我不太確定是誰先開始說話的，但我們終究在彼此的沉默之中都耐不住性子——

「那、那個。」

小粉用下巴比了比自己胸前的食物，說道：「做給維尼吃的。」

小粉胸前捧著的是一個很大的、粉紅色水母形狀，散發著濃厚香氣（真的太濃厚了）的甜食（這是我猜測的，因為聞起來實在太甜了）——我還真的完全不知道小粉會下廚，他往常幾乎都是坐在那邊等我把食物弄好捧過去給他。

我點了點頭，不太確定是否該繼續說話，這種熟悉的感覺，過往那些原本與小粉相處的美好記憶，只因為一句「那個」就全都回來了，我的眼淚幾乎就快奪眶而出——我好想大喊究竟為什麼你不愛我，究竟為什麼你不喜歡我，究竟為什麼你要騙我，但小粉那臉蛋依舊是我的死穴。

我看著他和維尼，嘆了氣。最後說道：「我才是沒有朋友的那一個吧。」

因為維尼沒有聽到我和小粉在守夜派對隔天的爭吵，所以他顯然很疑惑，但小粉一聽，我知道他就懂了。他露出了那麼柔軟的笑容，那個基本上依舊能幾乎把我染成粉紅的笑容。

或許，就是這樣了吧。我會成為一個小粉的好朋友，和他一起買衣服吃東西唱歌看電影出去玩，他會擁有另一個人，叫做維尼，而或許我終究會在某一天，完全接受這件事情。至少，他不是為了另一個女生而拋棄我，對吧？

況且，維尼和小粉天造地設，在我看起來那麼難得的造化，我怎麼可能有辦法抵擋那樣緊密、難以打破的關係？我的出局，並不是因為維尼，部分是因為小粉，但很大部分都是因為我自己。我和小粉，根本也不在同個時空，至少不在「那種時空」。

在維尼初次讀完小粉自費出版的那本《顏色怪物》第一集粉紅怪物而瞬間落淚

時，我就已經出局了——維尼不是試著相信小粉說的粉紅怪物，而是就相信了——是小粉指了鹿，說那是大象，他就跟著認為那是大象。那樣的愛，我永遠也不會做到。我如此眷戀小粉，也無法真正相信他說他身邊有一隻粉紅怪物，我至今仍舊把那當成一個隱喻。

但維尼不是，維尼只把粉紅怪物，當成粉紅怪物。

而小粉，小粉在他的那個極愛自己，非常想要保護自己的時空中，我根本從來也沒有真正進入。

這世界上有人去愛就有人不被愛，這很正常。有人就是可以拿走全部糖果連包裝紙也不留給你，有些人就是給你全部糖果你也不想睬理他。那當然很正常。雖然正常的事情，有時候不見得就是對的，而知道對錯是很重要的。

小粉是那樣愛著並恐懼著自己，愛並恐懼到幾乎無法替其他人改變，我對此是那麼無法接受，因為我不知道為什麼我努力了，會沒有得到實際的報償。我愛他，他就應該愛我。但事實上，他如果極愛自己，就無法給予別人太多，甚至不會願意改變任何一點。愛是具有排他性的情感，就像是我在愛小粉時，我對快樂男孩（以及其他男孩）的排擠，以及我對維尼的厭惡，那些都是愛具有排他性的證據。小粉對自己的愛（和恐懼），對其他人自然也會產生排擠作用——但他是那樣對維尼深情款款。

在我們被關在電梯中的那段時間，我最後，終於鼓起勇氣問小粉，究竟自己想要的是什麼。如果他那麼害怕自己喜歡同性，為什麼最後仍然愛上、接受了維尼（維尼當然是在一旁抱怨說，自己人還在這裡）？小粉只是看了維尼一眼，露出一個過去總能一下子就擄獲我的笑容。

「有兩隻馬，牠們是情侶。一隻馬把馬桶蓋頂在頭上，就以為自己是獨角獸，牠告訴另一隻馬：『我是獨角獸。』另一隻馬知道對方不是，但仍然信了。那是我想過最浪漫的愛情故事。我希望有人像那隻馬一樣那樣愛那隻自以為是的獨角獸，那個我。或者說我希望我能夠成為那隻馬，那樣愛我的獨角獸。」

他和維尼就此又陷入了自己的時空，我覺得整個人都不對勁了，那太甜了，就像小粉手中的粉紅水母自製食物一樣，有著濃厚甜膩的微妙氣味。但誰能拒絕人工代糖？誰能拒絕那麼甜蜜的愛？誰能在這種情境下，還想說自己可以成為對方的獨角獸，當對方的視線根本連一秒都沒有擺在自己身上？

小粉是那麼需要衣櫃來遮掩自己，他就像是情感殘障，在「面對自己」這件事情上的徹底殘廢（抱歉我用了這個詞彙），我必須花費更多的心力來包容他——至少需要做到和維尼做到的一樣。

小粉才有可能像現在這樣，稍微接受自己，接受自己是愛著同性的這個事實。

在電梯中的那個片刻，我知道並且確定了，人生就是不斷思考進而陷入更深的困惑，挖掘意義最後跌進更恐怖的陰森裡。事實上，多數時候找到答案也是沒有用的，因為你只會更加惶恐。你知道答案，但你無法解決，那就像某種無解之病。你知道它在那裡，但你無能為力。但「知道進而理解」本身就具有某種安慰人心（至少是安慰我心）的強大力量——「至少我知道了」。

儘管是真的受了傷，我依然認為人是可以彼此真誠以待的。人是有容錯的可能，以及人是可以真正替他人著想的，儘管那樣的處境傷害的對象也許會是自己也一樣。人是應該有能夠受傷的自覺，並且願意被他人傷害的。

那不代表受傷是好的，那只是代表：你很重要，即使被你傷害，我也願意留下來。我相信我留下來，重新和小粉成為朋友是對的事情。做為一個朋友，是不應該因為一點挫敗，就遠遠地離開彼此的生活的。況且小粉需要的那麼多，他需要我幫他重建自信，讓他更能接受自己，難道我可以轉身離開嗎？

這不代表我因為失戀而成為了一個多麼完整的人，或者說，一個更好的人。我就說過兩次了，我根本不認為需要成為一個更好的人。「更好的人」對我來說是一個不在這裡的概念。因為我不在這，我想逃，所以我要更好，我才能不在這裡。我傾向認為自己的努力是在嘗試成為一個更「此在」的人，找到一個「我在這裡」的狀態。

我需要小粉，那是一個仍舊很讓人痛心的事實，但現況就是我需要他，就算不做為一個可能的戀人，我還是需要一個朋友，一個我願意讓他進入我生命的朋友。我想我一直都知道這件事情，而我只不過是需要一個理由，一個詮釋，一個足夠好，夠豐厚，能夠說服我自己說，好，我要留下來，我要原諒他，我可以原諒他的理由——而我找到了。

我找到了詮釋方法，來理解小粉傷害我的這個事件，並且建構出我能夠脫離這情境的敘述。這一切只差小粉出現在我面前，隨便給我一個笑容，隨便說一句話，隨便讓我覺得「他還是在乎我的」，就算根本感覺不到多少在乎。我只是需要一個出現。

而那個電梯，那個故障，就是那個出現。

天啊，我忽然發現我解讀出小粉和維尼的「不在這裡」藝術活動的意圖了，他們就是想要找到一個夠好的理由留在這裡啊。

在那個電梯中被困住的我們，短短的時間之內卻解開了那麼多事情——電梯重新啟動，因為震動太大，小粉一個重心不穩，捧在胸前的粉紅色水母甜食就從盤子往前一動，整顆大大的粉紅水母甜食砸到電梯玻璃門上，破了開來。

破了開來也就算了，裡頭是滿滿的淺粉紅色糖漿，噴濺到我們三人身上，我們全身都沾滿了那黏稠的液體——而這時候，電梯門打了開來，學校保安人員一臉驚訝地看著我們，我和小粉以及維尼先是尷尬地對望，接著大笑出聲。

終於決定原諒了並接受了——我也沒想到會因此笑得那麼開心。

我和小粉以及維尼，全身都那麼粉紅，空氣中滿是那種腥膩的粉紅人工香料味，明明應該是很噁心的感受。那種化學合成的甜蜜感，一般來說，應該是讓人作嘔的，但我卻笑得像是我從來沒有笑過一樣。

我以為和小粉重修舊好，我就可以開始腳踏實地，但我錯了。

日常生活是無聊的，我只能告訴你這些，省去了狗血劇情、維尼昏倒以及小粉的恐同之後，我們就是一般的大學生，過著一般的大學生生活，試著在苦悶無聊的學生身分中多找一些什麼來填補空虛——而在括號湖的草皮上看電影，就是我們三人對體制的反抗。

我們用從學校偷來的機器，躺在政府規劃出來卻乏人問津的括號湖草皮，看著括號湖，想像括號蝦吃人腦是多麼恐怖的一件事情。這些就成為了我們的反動，以此證明我們和那些每天上傳自拍照的少年少女們不同。

自從維尼和小粉正式交往後，他們便再也沒有舉辦「不在這裡」活動，而維尼也開始會吃著零星食物，如果小粉願意吻他，他就會多吃幾口。在我面前，他們一開始也不太敢有太多親密舉動，但慢慢地愈來愈多動作，從一開始的摸摸臉頰手心，到後來牽手，到後來擁抱，到後來親吻（嘴巴），到後來親吻（耳朵），到後來擁吻幾乎就像是要做愛了（但沒有在我面前做過）。

啊，差一點忘了說，事實上小粉多少還是有點恐同的。像是他依舊沒有公開自己的性向，在大庭廣眾之下仍舊會對維尼的親密舉動稍微排斥（但這我就不確定是因為小粉生性害羞或者他就是恐同或者其實他是生性害羞並且恐同），但是，就像我先前說的，每個人都有自己的衣櫃，什麼時候要裸體示人是自己的決定，沒人有資格逼迫小粉馬上開始接受自己。接受自己，畢竟是個漫長（而且極可能失敗）的過程。

有些疑問始終是沒有獲得回答的。我所謂的回答是「一個能夠說服我的答案」，像是維尼究竟為何不吃東西？維尼總是說自己的痛苦沒有原因，但真的會是這樣嗎？真的會有沒有苦痛的原因嗎——維尼是孤證，我不太確定這樣的孤證能不能成立。

但有些疑問是有獲得回答的。我所謂的回答是「一個誠實的答案」，像是我終於問了他們，為什麼一開始我總是被他們夾在中間。維尼的解釋是他不確定小粉的心意，也怕自己會錯意，而且如果靠得太近容易勃起。小粉的反應是臉紅了起來，接著告訴我說，因為他怕維尼太靠近。還有我對他們曾經說過的一個關東煮王國的故事非常感興趣，於是在一個下午，我們三人躺在草皮上時，這樣問道：「你們記得當時你們說的那個關東煮王國的故事嗎？」在我問完後，小粉和維尼相覷數秒，同時搖了搖頭，並且繼續滑起了手機。

而關於滑手機，他們給了我一個很能說服我的答案——因為我們關係很好，所以不需要在乎彼此的感受，就算在同個空間完全不說話，也不會因此尷尬。

這個回答之所以能夠說服我，一部分是因為小粉（和維尼）說了「我們」——我們，是個多美好的詞彙——另一部分是因為，他們之間真的是太美好的感情了。

他們總是不需要真的講出口也能知道對方需要什麼，有次在早餐店（難得維尼願意吃早餐店的食物），小粉只不過挑了挑眉，維尼就替他點了滿桌的食物，其中有豆漿、饅頭夾蛋夾肉排、炸雞排、巧克力厚片吐司和燒餅沙拉。小粉露出大大的微笑，說道：「你知道。」

維尼笑著回道：「當然啦。」

如果我可以找到一個這樣愛著我我也愛著的人，該有多好？

而他們的心有靈犀還不只是這樣——我也告訴過你的，那些光怪陸離的故事，他們就像是自動販賣機一般，可以不斷給予，有時候是他們一時興起，有時候是因為我問了，他們就繼續生出了一連串我想都沒有想過的故事。有的很恐怖，像曾經小粉說了一個人的影子想變成人，所以開始吃人的故事。而維尼的故事則多半比較夢幻，像是有一隻布偶想變成人，最後就變成人了。但最有趣的，仍然還是當他們倆攜手創造出的歌劇。

和他們相處，就像是每天都有免費舞台劇可以看一樣，他們兩個是表演慾那麼強大的人——那樣歡樂的畫面我已經告訴過你了，我不覺得我有必要說這麼多次。我想告訴你的，是比較微妙的那一次。

那一次是維尼又開始好幾天不吃東西了。雖然我至今也不確定究竟那和之所以那次會演變成那樣有關，但這是一點背景資訊。

是日，小粉和維尼又討論起「抱抱」這一件事情。由維尼起頭，維尼認為，一定有哪一個地方，擁抱是違法的。

「在某個星球上，人與人之間的擁抱是違法的。」維尼這樣說道。

「抱抱研究協會理事長指出，擁抱對人體有害。」小粉這樣回道，從沙發上站了起來，向前靠近維尼。

維尼也站了起來，一隻手攬住小粉的腰，「但人類也是需要被擁抱的。」

小粉將維尼推開，搖了搖頭，露出笑容，「政府禁止了一般民眾的擁抱，並且成立抱抱科學中心，研擬抱抱機器人，做為抱抱的替代物。一開始，抱抱機器人的長相和一般人別無二致。」

維尼又一次靠近小粉，「但是抱抱機器人一直失敗，試用者們都認為感受不到被擁抱的安穩感。」

「沒錯。」小粉往後一退，坐到沙發上，抬起頭看著維尼。

「政府只好不斷嘗試星際合作，但一樣都失敗了，他們始終找不到原因。」

維尼試圖要撲到小粉身上，小粉只是用雙腳抵住維尼的胸膛，搖了搖頭，「政府原本以為，只是因為抱抱機器人不夠溫暖，於是調高了溫度，卻導致許多試用者被燒死。」

「那段時期火葬業者紛紛舉牌抗議，但政府就將他們全火葬掉了。」維尼鼓起臉，看起來像是有些不滿小粉不給抱。

小粉仍然以腳抵著維尼的胸膛，但他的右腳卻稍微往下移動了一點，在下腹部處游移，引得維尼悶哼了幾聲，小粉才停止磨蹭，輕踹了維尼，將維尼推離一些。

自從小粉和我重修舊好之後，雖然他和維尼也不至於太過露骨，但在我面前，他們滿樂意展露自己情慾的。我實在也沒什麼理由好阻止他們，畢竟他們也沒有在我面前真的做起來——雖然真的做起來我也不知道我該不該留下來觀賞就是了。不過小粉是不可能那麼勇敢的，他依舊是那個需要衣櫃的少年。

小粉笑著說道：「在一次科學家意外調錯數值之後，抱抱科學中心才得出結論，原來是因為抱抱機器人太像人了，才會導致功能失常。」

「而所謂調錯數值代表的是——」維尼問道。

小粉補充說明：「科學家們將造型設計以參數調整，因此調整面板數值，機器人型態就會改變。最後他們確定了可行的機型：抱抱機器人應該要圓滾滾的。」

「反正不管怎樣就是把機器人改成圓的啦。」維尼一邊說話，還一邊比出自己身體寬鬆肥胖的樣子，雙手晃啊晃。但他太瘦了，看起來就像風中亂吹的竹子一樣。

小粉說道：「國營的抱抱機器人屬於投幣式的，每一次，只要你想要被擁抱，就需要投下十枚硬幣，抱抱機器人會擁抱你三十秒。一個人一天只能被擁抱三次。」

維尼用雙手比了個叉的姿勢，「這一定是因為抱抱研究協會的研究指出，抱抱對人體有害！」

「沒錯。」小粉點點頭，「抱抱研究協會發言人在國際新聞發表會上宣稱，人類一天最適合的擁抱次數是三次，超過就對身體有害，因為擁抱小精靈會因此醒來。」

「這個我知道！」維尼喊道：「研究指出，擁抱會製造出小精靈，那些小精靈會鑽進血管，從此住在裡頭。」

小粉說道：「小精靈會產下很多卵，只要你又一次擁抱他人，小精靈們就會孵化，並且產下更多的卵。」

「久而久之，只要你沒有被擁抱，還活著的小精靈，和那些快要孵化的卵，就會不斷刮擦著你的血管壁，在夜晚發出細細的聲響，阻礙你的睡眠。」維尼說完，用嘴巴發出窸窸窣窣的聲音。

小粉伸出右手食指，抵住維尼的脣，「許多人因此藉由酒精、菸草和毒品等來消除那些小精靈在血管中所帶來的不適。研究也建議，只有藉由擁抱機器人的協助，人們才能徹底戒除擁抱小精靈的毒害。」

維尼又一次鼓起臉，雙手扠腰，「國營的擁抱機器人，自設點開始，每天皆大排長龍，那些比較富有的人們，不需費力，便能獲得擁抱。那些比較窮困的人們，每天只好拚命工作，一個月累積到十枚硬幣後，才能獲得一次擁抱！」

小粉笑了起來，「根據新聞報導，企業主們皆讚許政府的良政，全國民眾的生活水平也有效攀升。『打倒抱抱，人人有責！』已經成為這一世代的標語了。」

如同以往，接下來應該就結束在他們兩人擁抱，或者親吻，或者互相毆打，或者任何可能的調笑形式，總之就是謝幕了，應該要開心地繼續其他話題，或者他們就會繼續開始滑手機之類的。而維尼看著小粉，捧住他的臉，用力地吻了他——這並不特別，我也說過了，他們已經敢在我面前擁抱親吻調情撫摸了。

這一次之所以特別，是因為他們吻著吻著，用力擁抱起來，維尼就開始哭了——

我沒有看過維尼這樣子哭過，維尼是很常感傷地流淚沒錯，但這次不是。這次是大哭，潰堤似地哭。

我看著小粉那樣僅僅抱著他，輕聲低語，不斷重複著那一句「你不是一個人你不是一個人」，就這樣持續了好久。

我很識相地先離開了，小粉和維尼兩人也都沒有向我道別，就是旋轉在他們自己的時空。

你有遇過那種情況是，你本來和朋友甲約出門，結果朋友乙也跟來，最後甲乙兩個人逛街逛著逛著，就把你忘在後頭，等到都把街逛完了，才開始打手機找你嗎？

如果你遇過這種情況，那恭喜你，至少你還是有被記得的，我是徹底被遺忘了——整整一週，我都沒有見到小粉和維尼，傳訊息也沒有人回應，什麼也沒有，而一週之後，他們倆就像什麼事也沒發生過一樣，出現在學校，一起朝我走來，問我要不要去吃午餐。

我當然是去了，他們兩個是我的朋友，而我夠了解他們，我知道不論我怎樣問他們那一週發生的事情，都會是他們自己的事情，而我永遠不可能參與，連聽他們轉述都不可能。因為真的太了解了，所以我連問也沒問。

有種情況是，明明你們是三個人一起約出門玩，你卻總成為那個被落在旁邊，被集體遺忘的傢伙。就像是你不小心闖進某個不屬於你的攝影棚，卻因為你的服裝剛好符合時代設定，就被導演留下來當成配角。

在我和小粉還沒有解開我們之間錯綜複雜的糾結之前，我常常有這種感覺。但我原本以為我不會再經驗到了，因為我當初不確定自己的身分究竟是小粉的戀愛對象，還是單純是小粉的朋友。但我現在知道了，我是小粉的朋友——而既然是朋友，應該不會被這樣對待才是。

我坐在那兒，吃著學校餐廳難吃的食物，看著坐在對面的他們兩人，滑著手機互不對話。我忽然對整個情境都感到困惑，一瞬間又像是回到過去，那種被他們兩個置身事外的感覺。

我們不是應該都在這裡嗎？為什麼我只感覺這裡空蕩蕩的，只有我一個人？

013

我之所以決定離開問號鎮，是因為我終於意識到，我徹底錯了。

說實在的，我相當希望故事就結束在那些美好的日常生活，那些糖果，那些沾滿糖衣的巧克力棉花糖。畢竟，雖然人工香料並非美好，但快樂滿足感的重要性大於肝腎衰竭的可能性，大家就都會接受。而其他我該告訴你的好像也都講完了——我愛上了一個少年，我以為他也喜歡我，他也讓我以為他喜歡我；一個轉學生來了，那個男生打破了我和少年的小小世界，少年愛上了他，但依然假裝喜歡我，最後天雷勾動地火忍不住在守夜派對上親吻，被我抓包，然後我崩潰了，然後我好了，然後我們好了。故事不是應該就結束在這裡嗎？

美好的平淡日常就這樣過著過著，維尼之後其實也沒在我面前那樣哭過了，講真的我是沒什麼好抱怨的，我有一個好朋友，和一個勉強是朋友的人類。這和很多人相比已經是擁有很多了，況且他們親熱的畫面是真的滿好看的。我從來不知道看兩個男生親熱會讓我覺得全身都想要被揉捏。

啊，離題一下。或許會有人因為你有想被揉捏的慾望，就說你是個淫蕩的人，但有慾望是正常的事情，沒有必要為此感到抱歉，也不需要因此懷疑自己。

回來這裡。有一天，我看著家裡椅子上的那件不屬於我的西裝外套，左思右想都想不起來我何時買了男裝，而且非常確定這不是小粉他們落在這裡的衣服——直到我想起來，那是快樂男孩的外套。

「嘿，那、那個，我現在才找到你那件外套，方便見面一下嗎？」

我打電話給了快樂男孩，約了時間後，掛上電話。我這應該不算說謊，畢竟我是真的現在才想到有這件外套，這頂多算是不全面的實話。

隔天早上，我和快樂男孩約在山上見面，他牽著他拯救了之後就不願意離開他的跳跳鳥，這隻跳跳鳥用著七隻已經退化了的翅膀行走。快樂男孩看見我，就跳了起來，向我揮手，我回以微笑，他總是能瞬間就讓我感到快樂。

許久沒有見面了，我問他一些生活瑣事，我才知道他和恐懼男孩認識了，並且時常一同撿拾海邊湖邊垃圾，甚至成立搜救小組，專門拯救一些被垃圾噎到的生物。他還出了鎮一個月，為了看看更多他沒看過的東西，但還是決定回到鎮上——在別人這麼努力生活的同時，我就是失戀了崩潰了然後渾渾噩噩行屍走肉度過兩三個學期。如果說真的夠狗血的話也就罷了，但其實就也沒有多少狗血的情節，仔細想想我的生活真的是乏善可陳，我到底怎麼和你瞎扯這麼多的？

聊完了日常，我們兩人坐在大石頭上，看著跳跳鳥用著牠七隻翅膀跳來跳去，並且三不五時回頭盯著我，一副我會搶走牠男人似的。

我指著跳跳鳥說道：「我覺得你的寵物不喜歡我耶。」

快樂男孩笑了出聲，點點頭，「牠應該是真的不喜歡妳，牠通常滿友善的。」

「說到這個，你還在便利商店工作嗎？」

「這怎麼會是『說到這個』？」快樂男孩見我急著想解釋，笑了起來，「逗妳的。我現在是店長了呢，很多責任喔。」

「像是？」

「之前有個魚頭人身的顧客來買貓罐頭，我擔心他會被自己養的寵物吃掉，所以特別再三向他確認，他才想起來自己養的貓可能會吃掉他。我可說是拯救了一個魚人的性命呢！」

我愣了幾秒，因為魚頭人身貓罐頭這關鍵詞我好像很有印象——我張大雙眼，右手搥了快樂男孩的胸膛，「你怎麼會記得？我那麼久之前告訴你的。」

「我當然記得啊，那是妳說的——永永啊，其實……」忽然快樂男孩的聲調降了一點，他看著我。

我看向他，他說出了我其實不算真的太意外的話：「永永，我滿喜歡妳的。」

我點了點頭。我之所以說我並沒有太意外，是因為確實我在小粉淋著雨出現在我公寓，打壞了我原先已經幾乎要愛上快樂男孩的情緒之前，我和他是有過那麼一段很明確但我們都沒有說開的關係。況且，他對我那麼好，要說我沒發現端倪，那也太假掰了。請不要當個假掰人。

我吞了吞口水回道：「我也是，我很在乎你，但……」

「我覺得我們當朋友可能比較好。」我想了一會兒，這樣回道。

「妳很在乎我，那就好啦。我喜歡妳不是為了要妳也喜歡我嘛。」快樂男孩笑著回道。

聽著快樂男孩的回話，我倒抽了一口氣——你有過那種經驗嗎？有些事情你本來沒有發現，但你一說出口後才會懷疑自己怎麼會是這樣想的。就像是你以為自己是個很開明多元的人，直到你低聲咒罵前面那開車技術有夠差的轎車說「真他媽馬路三寶」，你才忽然驚覺原來自己就是個冥頑不靈不合時宜，其實說穿了就是無知而歧視的傢伙。

這對話，對我來說就是那種狀況。

我張大雙眼說道：「天啊——我怎麼可以講出這種話來？」

快樂男孩跟著張大雙眼問道：「怎麼了嗎？」

「不、不是。我覺得這樣不行，我沒有辦——對不起……」

一向快樂男孩道歉，就像是有個什麼縫線破掉，布偶裡頭的棉花全擠爆出來，我大哭了起來——我究竟對自己做了什麼？我竟然把自己變成當初那個傷害了我的小粉的模樣。我怎麼可以這樣對待自己？我怎麼會在不知不覺中，被同化成那樣子了？我是這麼沒有主見的女生嗎？

快樂男孩只是在旁邊看著我哭，拍了拍我的肩膀，讓我知道他一直都在那兒。等到我哭完，稍微收拾起情緒了，我重新向他道歉了一次。

「我，呃，朋友，之前和我說過一樣的話，那讓我很受傷，但我卻對你說了那樣的話。」

這段話算是開啟了一個小小的門，讓光照了進來。我原本是想直接離開的，但快樂男孩堅持要我留下，並且耐心地問了好幾次究竟發生什麼事情。幾次之後，或許是因為我一時軟弱，或者就是我真的好想找一個人，隨便一個人傾訴，或者是因為那個人是快樂男孩，我不知道。總之，我開始向他講起我先前告訴過你的那些東西，一路講到最近，我和小粉以及維尼，躺在括號湖前的草皮上，看著電影的時候，他們兩人滑著手機，也沒對話，似乎只有我一個人認真把那電影看完。

他們也不是第一次這樣了，我也問過他們，他們的說法是——

「他們說，那是因為他們在彼此身邊很自在，才可以這樣的。」我對快樂男孩說道。

「是這樣嗎？」快樂男孩皺起眉頭，一臉困惑。

「不是嗎？不是都說什麼，如果彼此可以很自在，即使在同個空間裡面什麼也不做，也不會尷尬？」我也跟著皺起眉頭，因為我覺得我確實是相信小粉的說法的。

「他們真的在同個空間嗎？」快樂男孩笑了起來，我知道他沒有批判的意思，「他們是待在同個空間裡，不說話也不尷尬，但是，並不是什麼也沒做啊。他們在滑手機不是嗎？」

「但是……」

「我沒有說他們那樣不對，或者怎樣。只不過，如果我和妳都在同一個地方，彼此已經能夠滿足彼此，而不讓對方寂寞的話，應該是不會需要一直滑手機的。」

「啊……好像……」

「我沒有覺得自己一定是對的。」快樂男孩牽著他的跳跳鳥，站了起來，「如果我不對妳付出那麼多心力，只是需要有個物件在旁邊，證明我是比別人還要不寂寞的，那當然可以即使在相處的時候也滑著手機、也做別的事情。只要我不費那麼多心思在妳身上，我就不需要因為妳在我身邊而感覺尷尬了，不是嗎？」

「我沒想過這件事情。」

「也許他們真的相愛吧？但那也不重要，重要的是妳。妳想要什麼？妳想要那樣子的關係嗎——妳想要的話，那就是對的，妳不想要的話，那關係就是錯的。勉強自己去幸福，是不可能幸福的吧？」

小粉記錯了我的生日，但他沒有發現，我也就將錯就錯，吃掉他那口味奇特的蛋糕。我覺得他願意替我慶祝生日，我很幸福。

小粉沒有回應我的簡訊，當面問的時候，他說他不知道要說什麼，並且講起了自己今天上學時遇到的種種問題，以及某個同學有多惹人厭之類的。我覺得他願意和我分享他的日子，我很幸福。

小粉餵食維尼吃了食物，看到維尼皺起眉頭，但仍舊將食物吞下去後，小粉那笑容如此燦爛，我覺得能夠在他們身旁，目睹他們的幸福，我很幸福。

小粉在我問了是否能去他父母家中拜訪的時候，拒絕了。拒絕的理由是他認為自己和家庭是分開的，他的人際關係不想要讓家人知道。但他答應了和維尼前往我的家中，和我的家人見面。我覺得我能夠讓家人認識我最好的朋友，我很幸福。

小粉在我詢問他一些我和他說過數次的東西之後，仍舊常常不記得我說了什麼，但我沒有告訴他，我覺得我在他身邊，我很幸福。

確認了我就是小粉的朋友之後，我以為我就能幸福，並非我試圖要從他身上求取什麼類似戀人的情愛，而是我以為他會因為我真的是他的朋友了，而更讓我進入他的生活——但始終沒有。小粉結交朋友，並不是為了讓他們走入自己的生活。我只是他的裝飾品，讓他證明他有一個不會離開他的好朋友。

記得我說過的愛的帳冊嗎？我記錄了一本帳冊，一本我試圖要從小粉和我的相處之中，找出他是真的多多少少愛過我的證明，而這本帳冊，雖然至少不讓我顏面盡失，並且提醒了我自己多少還是被愛的，但終究那種記錄，對記憶的詮釋，都只是為了彌補缺乏而進行的凶殘填補。

我才發現，我記得愈多，離事實就更遠——因為事實就是小粉並沒有像我在乎他那樣在乎我，而他永遠也不可能有能力那樣在乎我。

「天、天啊。」我那麼勉強想要幸福嗎？我也太蠢了吧。

「有時候身在其中是會看不清楚的。」快樂男孩笑了起來，伸出手捏了捏我的鼻子，「但是啊，或許我也是為了一己私慾和妳說這些話，想讓妳朝我傾斜。人畢竟是很危險的生物嘛。」

「你為什麼對我那麼好？我明明從來都沒有……」

「為什麼一定要妳對我好，我才對妳好？」快樂男孩皺起眉頭，「妳是會被人喜歡的，妳為什麼好像總是沒有意識到這件事情？」

我愣了幾秒，看著快樂男孩的臉，就這樣笑了起來。

「我覺得我可能又快哭了。」我這樣向他說道。

快樂男孩沒有太多猶豫地回道：「那就哭吧，有人說不能哭嗎？」

「天、天啊，我沒、我沒有朋友——」我為了要不寂寞，竟然把自己變成會這樣為了保全自己而傷害他人的人。我怎麼會這樣？

我不記得我最後有沒有哭了，快樂和悲傷有時候不是那麼分明的情緒，我也不記得快樂男孩當時有沒有意思意思安慰我說他是我的朋友。我記得的是我確認了小粉和維尼的關係，對我而言就像是童話故事，是一個可愛討喜到不行，幾乎讓我就想要墜入其中的童話故事。他們那麼不可思議，可以毫不停頓地承接彼此的話，總是編織那些奇特的故事來傳遞自己的心意，又都長得那麼好看（好啦，我承認，維尼確實也是高顏值分子）。對，我說了，顏值真的是很重要的一件事情。他們就像是被弄成兩半的寶石，找到了彼此，從此就完整了一樣。他們的寫實，就是我的魔幻。

這讓我產生一種幻覺，我為了要符合並得到那種魔幻，而讓自己都扭曲變形了——我是很羨慕他們的關係沒錯，但我，我不想變成那樣。

當你看到一個身體滿是傷痕的人，你會瞬間就柔軟起來，那很難用文字解釋，但我會說，那是一種你體內瞬間有個什麼東西融化了的感覺。這時候，你會想要讓位，你會想要問他你還好嗎，你會想要給他錢，之類的種種給予機制就會開始轉動——我相信，曾經有個老人這樣說道：當你看到一個小孩掉進井裡面，就算你是個壞人，你也不可能視而不見轉身走開。你會去救他。我一直覺得這前提有哪裡怪怪的，但說不上來。

小孩和你，不在同一個平台上（除非你在看到對方掉進井裡的時候本身也是一個小孩，但如果情境是這樣的話，那這個社區的家長根本需要檢討自己怎麼會讓小孩一直亂跑吧）。你們的能力不同。

你幫助的，是一個比你弱小的人，那和什麼人性美好根本無關，你只是幫助了一個比你弱小的人而已。

但確實那會給人一種昇華感，藉由這樣子的情緒湧動，達成一種生理心理上的爽感，於是人們就繼續去做——去讓位，去捐錢，去做任何讓自己自我感覺良好的行為。

我並不是要斥責貶低這類現象，我想要說的是，我對待小粉，就是這樣——我將他視作了一個殘疾人士（儘管他四肢良好我看起來才有障礙），或者我們要用更中性的形容好了，我將他視作一個「缺少了什麼東西的人士」，而這讓我出於某種奇異的身心爽感，不斷擴張自己的地圖，將我對朋友的定義擴張，將我能夠給予他人的情感和關懷擴張，將所有我能給予的都拉大了。因為他需要更多，而我必須給他。況且維尼都能給他那麼多了，為什麼我不能給？難道我不夠有愛，不夠有包容力嗎？

重點就是我不想失去小粉，我還沒有準備好失去他——這是我內部的需求，為了服務這個需求，我只好擴張自己可以忍受的範圍，因為忍耐徹底失去他的寂寞是更痛苦的。

但出於這樣的需求，去擴張的忍受範圍，是會失去彈性，是會破壞自己的。會讓自己變得不像自己——有些人或許可以接受這樣的自己，並且視之為成長必經過程，但我不行。我沒有辦法，我不想要。我寧願過沒有朋友的痛苦，也不願意改變自己那麼核心的東西。

我不想為了保護自己而去傷害他人。

我不想為了滿足自身的缺乏，而讓別人承受我正感受的痛苦。

我不想變成只愛自己，沒有辦法容納任何他者存在的傢伙。

對一個概念的過度詮釋，是多麼危險的事情，就像是我因為一時脆弱，而將「朋友」這個詞彙擴大化，詮釋成「即使不認同也要站在一起，即使不斷被傷害也不能離開」的一種神祕存在，而這樣子，是會讓自己面目全非的。更不用提我將每個小粉的舉動，都硬是詮釋成其他樣子，那對我自己本身造成多大的傷害。

這才是我能夠告訴你的，故事的最終。

故事的最終是我終於知道我所說的都是徒勞。我不想失去小粉，所以即使當不成情人，我也希望能夠繼續當好朋友。我能夠靠著好朋友的幻象，來吸取一點抗衡我身後那龐大寂寞的力量。「好朋友」就是我的糖衣，我穿上，為了保護自己抵擋寂寞。

可惜的是，或許現在還沒有徹底破碎，但終究有一天，這樣的糖衣會完全脫落，到時候我就會看見一個被包在糖衣裡頭許久，皮肉潰爛，面目難認的恐怖自我。

我不知道的事情，還有很多，但我知道一件事情——我並不想要那種未來。

這個，才是真正的，故事的最終：

雖然說，我把話講得這樣恐怖，還用了「故事的最終」這種戲劇性到不行的詞彙，來強調我其實已經無話可說。不過講真的，在理解了殘酷的真相之後，我的糖衣也並沒有馬上破碎。

自從那次我厚顏無恥地大哭並且發現自己竟然變成如此面目可憎之人之後，我便沒有和快樂男孩聯絡了。不過偶爾會收到手寫的卡片，塞進我的住宿門縫，他那歪斜的字跡看起來那麼像是在跳舞。

我和小粉（以及維尼）仍然度過了不少美好的時光。

不可諱言，和小粉（以及維尼）的相處，聽著他們編纂一些荒唐的故事，幫他們製作餐點，有個人（好啦有兩個人）能夠時不時陪伴自己度過日子，也不算什麼太糟糕的境遇。

我們談天（多半是他們兩人在談）、一起上學、慶祝生日以及各種日子（在此之前小粉總是很抗拒慶祝節慶）、狂吃食物。只要有空，我們便一起看電影，躺在括號湖前的草皮上——不同的是，小粉和維尼現在是並肩而坐，我不再被他們夾在中間了。啊，對了還有，我們去水族館。

故事的最終，就是在水族館發生的。距離畢業季不遠，我們三人前往水族館的次數便愈來愈多——維尼畢竟還有一年才畢業，一如往常對什麼都仍然深感興趣，他每一次都跑到鯨魚骨骸中跑來跑去，好像昨天才看過的骨骸今天就會變得不一樣了。拜託，那可是骨頭，骨頭出現的意義，就是它不會不一樣了好嗎。

我和小粉都在準備畢業考。誠如前述，我知道了我必須要尋覓新的未來可能性，但我仍然沒有找到。如同知道要早睡早起身體才不會出事，但人往往就是沒有辦法早睡。我害怕想像未來。

知道，和真正知道，畢竟是兩回事。

水族館在這些日子由於舉辦抹香鯨骨骸展覽的緣故，多數鎮上的人口到水族館都聚集在大廳拍照之類的，於是我們三人總是幾乎像是包場似地擁有整間水母館的空間。我們就坐在水母缸前的長板凳上（好啦，維尼是盤腿坐在地板上），不發一語地看著裡頭的水母順著水流，從這裡晃到那裡，又晃了回去。

小粉忽然開口說道：「你覺得水母會發現水缸是牠們的監獄嗎？」

我已經習慣了不回應這類問題，因為他不是要問我的。維尼搖了搖頭回道：「就像我們也不知道地球其實是監獄吧？」

「你說，地球是監獄？」小粉看向坐在地板上的維尼，「關犯人的監獄？」

「其實地心是一隻怪物。」維尼說道，說話的時候還雙臂張開，做出一個很盛大的姿勢，「地球是外星生物製造出來的巨大監獄，專門監禁那一隻殺不死的怪物，那隻怪物在被關在地球內部之前，脫落了許多皮屑，意外就使得原本應該什麼也沒有的監獄，成為了一個穩定的生態系，而最後，就有了我們。」

維尼繼續說道：「結果監獄製造者發現闖了禍，一開始試圖用大洪水把生物全部滅絕，但誰知道怪物的皮屑無所不在，無論怎樣滅絕，生物都會重新生出來，最後監獄製造者被判刑，地球也就成為無人管理地帶。」

「我以為地球是某個外星人小孩的科學實驗？」小粉回道。

維尼點了點頭，「這兩者並不衝突。你猜猜，這個故事目的是想告訴我們什麼？」

「如果是一般的回答，我會說這目的是告訴我們要廢除死刑，因為該死的人是殺不完的。」小粉停頓了幾秒，忽然大笑出聲：「但是我知道了！這個故事是要告訴我們，我們兩個最好早點死掉。」

維尼看似讚許似地點點頭問道：「你覺得幾歲好呢？」

「我四十歲你四十一歲。」小粉想也沒想，直接回答了。

維尼從地板上爬上板凳，雙手撐在邊緣，看著小粉問道：「為什麼？」

小粉向前傾身，和維尼鼻尖相觸，聲音小小地，慢慢地，「因為你要花一年懷念我，然後在思念的痛苦中緩緩死去。」

「好啊。」

小粉舔了維尼的脣，「你說的喔。」

「當然好。」

他們吻了起來，沒有在意我的存在。當然啦，如果水族館內還有其他人，他們應該是不至於這樣擁吻，但現在只有我在，他們便視若無睹。更當然的，他們也沒有想到要禮貌性問一下說「嘿永永妳想幾歲死掉」，雖然這被忽略已經是正常狀態，沒被忽略才是反常，但這次，我就是有點介意。

「喂，你們有想過我嗎？」

「啊？」被打斷了擁吻的小粉，回過神來，「永永？」

我看著小粉，皺起眉頭問道：「你們的未來有我嗎？」

維尼張大雙眼，「當然有啊。」

我吸了吸鼻子，「所以你們剛剛是在？」

「告訴妳啊。」小粉說道：「跟妳說我們的計畫，不好嗎？」

「那你們覺得未來我要做什麼？」我問道：「幫你們照顧小孩？」

小粉說道：「對耶，妳可以照顧小孩！」

「啊？」這回答讓我感到很困惑，小粉就像是被盜帳號了。

維尼補充：「如果我們有小孩的話，妳當然可以幫我們照顧小孩，我們可以去買那種三層樓的房子，你和嬰兒住頂樓，我們住二樓，公共空間在一樓。」

我愣了幾秒，「你們在開玩笑吧？」

「如果是代理孕母的話，永永妳就跟我們小孩也算有關係了。不是的話就當乾媽。」維尼說道，轉過頭看向小粉，「你想生幾個？」

小粉笑著說道：「四個吧。」

「所以就是兩個。」維尼點了點頭，被小粉笑著推了一下肩膀，「但我們得先結婚才行，現在還不行。」

小粉想了想，「兩年後可以結婚。」

「那婚禮呢？」維尼笑起來，將頭枕在小粉的腿間。

小粉用手指繞著維尼的頭髮，「我想要海底婚禮。」

維尼推開小粉，提高音量說道：「你要穿潛水服？你知道那東西有多不環保嗎？」

小粉聳了聳肩，「當然不用潛水服，我們可以直接下水，然後三小時不用呼吸。」

「好好好，潛水服就潛水服。」態度柔軟下來了的維尼又將頭枕回小粉腿間，忽然問道，「如果遇到鯊魚怎麼辦？」

小粉敲了敲維尼的額頭，「鯊魚才不會無聊吃人，要吃也是吃宴客料理。」

「你要在海底宴客？你要請誰吃？章魚嗎？」維尼一邊說著，一邊笑出聲來。

「還有海蛇啊，海豚，最好是還有抹香鯨，但我怕這樣大王烏賊就不會出席，我好期待跟牠牽手。和烏賊牽手是不是每一條觸角都得牽到啊？」

維尼喊道：「那海龜呢？你把海龜放在哪裡？」

「好啦那海龜也可以。」

那天的對話結束在好像他們要搬去外太空居住，原因好像是維尼說太空垃圾太多，他想去撿垃圾。

事實上，結婚的對話、婚禮的對話、未來的任何對話，都沒有結果，那天就是一個日常天，他們所做的舉動都是一樣的。小粉並沒有因為忽然心情不好而不理我，維尼也沒有因為血糖低而又一次昏倒，他們並沒有變動。事實上我也沒有變，只是我發現了，是那個話題，是話題戳到了我——他們的未來，我的未來。

小粉和維尼的未來中，很顯然沒有我的位置——我終究是個誤闖他們世界的偷渡客，被逮捕時因為滯留太久，法外開恩直接被發了移民證，但仍然沒有被當作真正的此地居民看待。

就算我留下來，也幾乎是一種做為功能性的存在，代理孕母、乾媽、照顧小孩的保母，種種都在我腦海中構築著恐怖的想像——我很羞愧地必須承認，某個我內心很大塊的部分，仍然期待能和小粉擁有一個什麼樣穩定的未來。

「嘿永永，妳想幾歲死掉？」如果他們問了，我會回答，我不知道——但我真正想知道的是，如果我死了，小粉會不會難過。難過了，會難過多久？會不會像我在發現他不愛我的那時候，難過到幾乎無法吃飯？

我以為我待得夠久，就可以更存在於他的世界之中。但他們這個話題，像是在海底游泳到抹香鯨身邊，看得太開心了，忘記那個尾巴只要一打下來，我整個人就會被拍到深深的海底。

而我就這樣，被拍到深深的海底去了——那究竟是什麼荒謬的共同未來？小粉和維尼透過我當代理孕母，生下一個小孩，而那個小孩要叫我阿姨，但其實和我根本沒有任何關係？有一天他們兩個人決定去環遊世界或者去死，就把小孩丟給我照顧，從此無影無蹤？

或許是幸運的，被他們認為我不會走，我沒有其他生活，我會和他們一直待在一起——或許在從前，那樣就已經夠了，但我忽然發現，至少在他們談論未來的那個當下，我真正知道了，我不可以繼續待在這裡。

這不是什麼輝煌的故事，沒有什麼勇者戰勝魔龍，回到鄉村娶親的敘事，更沒有什麼我罹患重病於是什麼都不在乎了每天快樂過活，也不是什麼被醫生宣判只剩三年壽命結果在兩年半的時候又被宣告你痊癒了你要活下來了，原本的喜劇變成悲劇而悲劇又因為太可憐了就變成喜劇。我的故事，是個很普通、很丟臉，但就是很一般的故事。

小粉像是一塊雞排和大杯珍奶，而我是在節食的人，我看到他，就是會沒有自制能力地奔向他——在問號鎮相識的這四年，我對問號鎮大多數能參與的地方，所有的記憶，都和小粉綁定了，甚至連我自己的家裡小粉都曾經來過。我全身上下，都是小粉的指紋，只差他沒有真正碰我（馬的，如果他真的碰我就好了）。

「和小粉有個什麼樣的未來」是個多麼美好的幻象，可是我是個自私的人，我想要有人在乎我，在乎到會為了我多活一天，只因為他知道如果他先死了，我會很難過，而他不想要看我那樣難過。

我想要有人在乎我，在乎到他就算很痛苦，也會為了我活下來——這在那個「我成為代理孕母替小粉和維尼照顧小孩」的情境中是不可能會發生的。但好笑的是，我幾乎可以預見如果我繼續待在問號鎮，那個未來將真的發生。

他們是不會移動了的，因為他們找到了彼此，但我呢？我的彼此呢？我，說到底只不過是個愛情的難民。在那個當下真正知道了，不逃，你就是死在這裡，如此而已。我甚至不敢先和小粉說我決定畢業之後要離開問號鎮了，我太害怕他會說什麼了。我依然是那個輕易就會被他染成粉紅的花痴。

這才是，真正的，故事的最終——我就說到這裡了。

0
1
5

再見了。

我沒有和快樂男孩在一起，所以也不是要和他一起亡命天涯，如果你好奇這點的話。

我真的，必須走了。我要去認識更多的人，看更多我從來沒有看過的東西了，或許我會交到新的朋友，或許我又會心碎，或許我不會交到任何朋友，但我現在比較不害怕了。

在我決定畢業要離開問號鎮的時候，我試著想像這樣的畫面：把我們的經驗全都反過來，經過一遍——我會先體驗那些心碎，再會重新遇見小粉一次，遇見那個維尼還沒出現，第一眼，就讓我墜入愛河並且幾乎溺斃的小粉。那個一笑，就能把我染成粉紅的少年。

我忍不住哭了出來，但很快就又笑了。

我並沒有先行告知小粉和維尼我決定要離開問號鎮，當我在畢業後沒多久，提著行李，來到他們合租的宿舍門口道別，對他們兩人應該都是爆炸性消息。當然啦，前提是如果他們真正在乎過的話。

維尼依舊是個表演狂，他瞪大雙眼了一會兒，接著露出一同以往的燦爛難看笑容，並且很沒有私人空間概念地衝向前用力抱住我，那擁抱的時間太長了，我幾乎感覺到一種莫名其妙的溫暖湧上胸口。

至於小粉。小粉則是遠遠地看著我，他露出了一個我不太能夠理解的表情——我曾經以為我那麼了解他，他是我擁有過最親密的朋友，但我現在卻讀不懂了。我不知道他怎樣想的，無法找到適合的方式詮釋他，他對我來說看起來像是空白的。但他還是長得那麼好看。

「永、永永妳……好。就這樣吧。」小粉抓了抓後腦杓。

我衝向前，抱住了他（我想要你知道我沒有哭，所以並不是太煽情的橋段），我就是覺得我應該要好好抱抱他，他好好聞——如果他說的不是「就這樣吧」而是「留下來好嗎」，我會不會就因此決定留下來了？小粉還是那麼輕易就能讓我心碎。這就是為什麼我沒有先告訴他們的原因。依循著往常生活，把剩下的日子過完，都準備好離開了才來到他們面前。如果看到小粉那張臉，我可能一下子，就被他留住了。

這時候我才真正知道，如果說，我真的，認真的，在這樣的戀愛經驗中，獲取了什麼知識的話，那就是「他是怎樣的人」是一個連串的過程。他不是生出來就是那樣的，他是長成那樣的。當他來到你的面前，你在人群中看見了他，很可惜的，他通常已經長成那樣了。除非你在很早的時候就遇見了彼此，否則你太晚抵達的時候，一切都只是定局。

他來到你面前，就是這樣了，你只能繞著核心，黏上貼紙。你所做的不是改變，你所做的是適應。適應的成本愈低，他或許就會愈靠近你，需要適應的成本愈大，就和改變彼此相差無幾，幾乎就等同毀滅的開始——你是不應該為了愛，把自己從核心整個變形的。你是會面目可憎的。

所以，不要勉強。

不要勉強對方，更不要勉強自己，如果彼此真的不那麼適合，那就趁早離開，光有愛，是真的沒有用的。也不要因為害怕寂寞、害怕對方受傷，就待在原地不走。留得愈久，最後真的受不了要離開時，你對對方的傷害只會更重。

溫柔是需要有國土疆界的，你不可能對他人無限地容忍付出，你必須設好疆土，當可以給予的時候給予，不能給予的時候拒絕。知道自己的底線在哪裡，你才知道你自己可以走到哪裡。跨出去一點點或許可以，但跨出去太多，你要記得快點回來。

好了，我真的得把故事停在這裡了，繼續說下去，或許你只會覺得我在說教，況且我可能真的也沒辦法再多說什麼了——要是我再也不能告訴你任何事情，那現在，讓我告訴你最後一件。

如果你真的用盡全力愛過一個人，不論結局如何，不要輕易懷疑自己是否被愛過，也不要對「可能沒有被愛」的事實感到羞愧——重點是你愛過一個人，而那個人不是自己。

去愛別人而不是只愛自己，相信我，那真的已經是非常勇敢的事情了。

後記：這是一個愛情故事

我總是好奇配角的生活。超級英雄在摩天大樓間飛天打碎建築物拯救市民，勇者屠殺噴火焚村毀林的魔龍，那些身懷無數糖果的主角們的故事有某種魅力，勢不可擋，有破綻也破不夠多，大致上是美好的，即使不美好，他們也總能逆境上游得到真正想要的東西。如果是愛情故事，那就是，真愛是全世界最強壯的魔法。如果是婚姻平權，標語就是 Love wins。

那並沒有問題，而是我總更好奇，那一些沒有被愛的人呢？我有辦法寫一個沒有被愛的愛情故事嗎？那還算是愛情故事嗎？

男同志有異男忘，那異女有男同忘嗎？我相信是有的，畢竟男同志那麼美好，每一個男同志都超級可愛（這麼說是不是既歧視且標籤？），誰會不愛呢？

從這個小點出發，我想寫一個在一般美好愛情故事中，只會被當成極端配角的故事。我想把錨放在那個不被愛的砲灰身上。

不被愛的，似乎總是難登大雅之堂，畢竟大家搶著看超級英雄大亂鬥，誰會注意到在馬路上進行善後工作的小角色們？那些清道夫或許總是一邊掃著落石殘灰，一邊心中咒罵飛來飛去的超級英雄吧。但我就是很想看他們的故事。

所以（其實也不只是因為如此啦）我寫了一個女主角，但她是自己理想愛情故事中的配角，這樣的故事。其他的就都在小說裡了（應該吧）。

這是我第一本由出版社出版的小說，和出版詩集不太一樣，小說寫作對我來說是限制在一個相對短的時區內發展出來的故事，給我的時間太短，我無法寫出恰當的作品，給我的時間太長，我又會有天醒來忽然就想拋下一切。我是如此意志不堅見異思遷三心二意心不在焉，寫作的這些年來拋棄了無數作品，感謝編輯國治相信了這本麵包屑小說，如果沒有出版社的邀請，我想這本小說可能永遠只會存在我的腦海中了（缺乏行動力的懶惰人種）。

我的腦海還有很多故事，如果這個故事過後，你還會在，希望我能夠慢慢把那些，好好說給你聽。

2017/10/13

嬉文化

少年粉紅

著　者／潘柏霖
發行人／黃鎮隆
經　理／洪琇菁
執行編輯／楊國治
企劃宣傳／邱小祐
文字校對／施亞蒨
總經理／陳君平
總編輯／呂尚燁
國際版權／黃令歡、梁名儀
美術編輯／李政儀
內文排版／謝青秀

出版／城邦文化事業股份有限公司 尖端出版
台北市中山區民生東路二段一四一號十樓
電話：（〇二）二五〇〇－七六〇〇
傳真：（〇二）二五〇〇－二六八三
E-mail：7novels@mail2.spp.com.tw

發行／英屬蓋曼群島商家庭傳媒股份有限公司城邦分公司 尖端出版
台北市中山區民生東路二段一四一號十樓
電話：（〇二）二五〇〇－七六〇〇（代表號）
傳真：（〇二）二五〇〇－一九七九

中彰投以北經銷／楨彥有限公司
（含宜花東）電話：（〇二）八九一九－三三六九
傳真：（〇二）八九一四－五五二四

雲嘉經銷／威信圖書有限公司 嘉義公司
電話：（〇五）二三三－三八五二
傳真：（〇五）二三三－三八六三
客服專線：〇八〇〇－〇二八－〇二八

南部經銷／威信圖書有限公司 高雄公司
電話：（〇七）三七三－〇〇七九
傳真：（〇七）三七三－〇〇八七

香港經銷／城邦（香港）出版集團有限公司
香港灣仔駱克道一九三號東超商業中心一樓
電話：（八五二）二五〇八－六二三一
傳真：（八五二）二五七八－九三三七
E-mail：hkcite@biznetvigator.com

馬新經銷／城邦（馬新）出版集團 Cite(M)Sdn.Bhd.
E-mail：Cite@cite.com.my

法律顧問／王子文律師 元禾法律事務所
台北市羅斯福路三段三十七號十五樓

二〇一七年十二月一版一刷
二〇二一年五月一版五刷

版權所有・翻印必究
■本書若有破損、缺頁請寄回當地出版社更換■

© 潘柏霖／尖端出版 All rights reserved.

■中文版■

郵購注意事項：
1.填妥劃撥單資料：帳號：50003021戶名：英屬蓋曼群島商家庭傳媒(股)公司城邦分公司。2.通信欄內註明訂購書名與冊數。3.劃撥金額低於500元，請加附掛號郵資50元。如劃撥日起 10～14日，仍未收到書時，請洽劃撥組。劃撥專線TEL：(03)312-4212 ・ FAX：(03)322-4621。E-mail：marketing@spp.com.tw

國家圖書館出版品預行編目資料

少年粉紅 / 潘柏霖作. -- 1版. -- [臺北市] : 尖
端出版 : 家庭傳媒城邦分公司發行, 2017.11
面 ; 公分
ISBN 978-957-10-7830-4(平裝)

857.7 106017965